Shakespeare, der Mann des Jahrtausends (Time Magazine), hat die berühmtesten Liebespaare und die spannendsten Liebesgeschichten der Weltliteratur erfunden, die, obwohl schon 400 Jahre alt, selbst im heutigen Medienzeitalter ihr Publikum in den Bann ziehen.

Wie kein anderer Dichter schildert Shakespeare die Verstrickungen der Liebe in all ihren erfahrbaren Aspekten und in allen Schattierungen. Ihm ist ihre launige, seelenvolle und glückliche Seite ebenso nah wie ihre Nachtseite: die rein sexuelle und berechnende Liebe; der Betrug, Krankheit und Wahnsinn. In seinen Protagonisten oder dem lyrischen Ich der Sonette unterwirft er sich bedingungslos auch den leidvollen Folgen, nimmt sie als Prüfung an und wendet die Wunde: die Liebe erfährt eine Wiederbelebung und Erneuerung durch Transformation der Gestalten oder durch Veränderung der Verhältnisse. Letztlich überdauert die Liebe den Tod.

Korrespondierend mit poetischen Liebesszenen versammelt der Band eine Auswahl der schönsten Sonette und verstreut in den Stücken erschienene Lieder und Gedichte.

insel taschenbuch 2987

William Shakespeare

Liebesgedichte

# *William Shakespeare*
# *Liebesgedichte*

Liebesszenen und Liebeslieder

Auswahl und Nachwort
von Jutta Kaußen

Insel Verlag

Umschlagabbildung: Isaac Oliver, Portrait (Frances Howard?), um 1596-1600. Victoria and Albert Museum, London.

insel taschenbuch 2987
Erste Auflage 2004

Vertrieb durch den Suhrkamp Taschenbuch Verlag
Umschlag: Michael Hagemann
Satz: Hümmer GmbH, Waldbüttelbrunn
Druck: Memminger MedienCentrum AG
Printed in Germany
ISBN 3-458-34687-2

1 2 3 4 5 6 – 09 08 07 06 05 04

# An die Liebe – Über die Liebe

»Lieb ist dein Meister,
denn sie meistert dich«

# *Liebes Leid und Lust IV. 3.*

*(Der König von Navarra und seine Gefolgsmänner Biron, Longaville und Dumain schwören, auf Frauen zu verzichten, bescheiden zu leben und ihre Zeit mit dem Studium der Wissenschaften und Künste zu verbringen. Nach der Ankunft der Prinzessin von Frankreich und ihren drei Damen Rosaline, Maria und Katharina ändern sie ihre Pläne, denn unversehens haben sie sich verliebt.)*

*Biron*

Doch Lieb, in Frauenaugen erst gelernt,
Lebt nicht allein, vermauert im Gehirn,
Nein, mit der Regung aller edlen Geister
Strömt sie gedankenschnell durch jede Kraft
Und zeugt jedweder Kraft zwiefache Kraft,
Weit höher als ihr Wirken und ihr Amt.
Die feinste Schärfe leiht sie dem Gesicht:
Wer liebt, des Auge schaut den Adler blind!
Wer liebt, des Ohr vernimmt den schwächsten Laut,
Wo selbst des Diebs argwöhnisch Horchen taub ist.
Die Liebe fühlt empfindlicher und feiner
Als der beschalten Schnecke zartes Horn;
Schmeckt sie, wird Bacchus' leckre Zunge stumpf;
Ist Lieb an Kühnheit nicht ein Herkules,
Der stets der Hesperiden Bäum erklimmt?
Schlau wie die Sphinx? So süß und musikalisch
Wie Phöbus' Lei'r, bespannt mit seinem Haar?
Wenn Liebe spricht, dann lullt der Götter Stimme
Den Himmel ein durch ihre Harmonie.
Nie wagts ein Dichter und ergriff die Feder,

Eh er sie eingetaucht in Liebesseufzer:
Dann erst entzückt sein Lied des Wilden Ohr,
Pflanzt in Tyrannen holde Menschlichkeit! ...
Aus Frauenaugen zieh ich diese Lehre:
Sie sprühn noch jetzt Prometheus' echte Glut;
Sie sind Buch, Weisheit, sind die hohe Schule,
Die alle Welt umfaßt, erläutert, nährt.
Sonst überall ist nichts Vollkommnes da!

CXVI Nichts löst die Bande, die die Liebe bindet.
Sie wäre keine, könnte hin sie schwinden,
weil, was sie liebt, ihr einmal doch entschwindet;
und wäre sie nicht Grund, sich selbst zu gründen.
Sie steht und leuchtet wie der hohe Turm,
der Schiffe lenkt und leitet durch die Wetter,
der Schirmende, und ungebeugt vom Sturm,
der immer wartend unbedankte Retter.
Lieb' ist nicht Spott der Zeit, sei auch der Lippe,
die küssen konnte, Lieblichkeit dahin;
nicht endet sie durch jene Todeshippe.
Sie währt und wartet auf den Anbeginn.
  Ist Wahrheit nicht, was hier durch mich wird kund,
  dann schrieb ich nie, schwur Liebe nur ein Mund.

CXXX Ihr Auge glänzt nicht wie das Sonnenlicht,
nicht leuchten ihre Lippen wie Korallen.
Ist weiß der Schnee, ihr Busen ist es nicht,
und schwarzer Draht statt Haar gefällt nicht allen.
Ein Rosenbeet in roter, weißer Pracht
Sah oft ich; aber nicht auf ihren Wangen.
Und oft war süßrer Duft mir zugebracht,
als ich von ihrem Atem hab empfangen.
Gern hör ich sie; doch kann ich nicht bestreiten,
daß meinem Ohr Musik doch holder tönt.
Noch niemals sah ich eine Göttin schreiten;
Sie aber ist an Erdenschritt gewöhnt.
  Und doch stellt sie mir jede in den Schatten,
  für die die Schwärmer Schmeichelworte hatten.

*Valentin*
Über die Ohren bist du drin versenkt,
Und hast doch nie den Hellespont durchschwommen!
*Proteus*
Nein, nur mit Ohren, Freund, verschone mich.
*Valentin*
Du hast nur zuviel Ohr dafür zu lieben,
Wo Hohn mit Gram erkauft wird, Sprödesehn
Mit Herzensseufzern, ein Moment der Lust
Mit zwanzig wachen, müden, langen Nächten!
Gewonnen, ists vielleicht ein schlimmes Gut:
Verloren, ist doch schwere Müh gewonnen.
Und immer ists durch Witz errungne Torheit:
Wo nicht, ists Witz, durch Torheit überwältigt!
*Proteus*
Geht es nach dir, so nennst du mich 'nen Toren.
*Valentin*
Und gehts nach dir, fürcht ich, du wirst es sein!
*Proteus*
Du höhnst die Lieb, ich bin nicht Liebe, nein.
*Valentin*
Lieb ist dein Meister, denn sie meistert dich!
Und der, den eine Närrin spannt ins Joch,
Den kann man nicht ins Buch der Weisen schreiben.
*Proteus*
Doch liest man: so wie in der zartsten Knospe

Die Raupe nagend wohnt, so nagend wohne
Die Liebe in dem allerfeinsten Sinn.

*Valentin*

Auch sagt das Buch: so wie die frühste Knospe
Vom Wurm zernagt wird, eh sie aufgeblüht,
So wandl auch jungen, zarten Sinn die Liebe
In Torheit, daß vergiftet wird die Knospe,
Daß schon das Grün im ersten Lenz verwelkt,
Und jeder künft'gen Hoffnung schöne Frucht.
Doch, was verschwend ich Zeit, um dir zu raten,
Dem Priester schwärmerischen Liebeswahns?

## *Was ihr wollt II. 4.*

*(Nach einem Schiffbruch tritt Viola als Junge verkleidet in die Dienste des Herzogs. Sie verliebt sich in ihn, er aber ist verliebt in Olivia. Cesario/Viola wirbt als Liebesbote für ihren Herren, und Olivia verliebt sich in den schönen, vermeintlichen Jüngling.)*

*Viola*
Doch wenn sie Euch nicht lieben kann, Sir?
*Herzog*
Damit find ich mich nicht ab.
*Viola*
Das müßt Ihr aber.
Nehmt einmal an, es gäbe eine Frau, möglicherweise
gibt es die,
und dieser Frau vergeht ihr Herz nach Euch,
wie Euer Herz vergeht jetzt nach Olivia. Ihr liebt
sie nicht
und sagt ihr das. Muß sie sich nicht abfinden?
*Herzog*
Es gibt kein Frauenherz, das so voll Liebe schlägt
wie meins, das voller Leidenschaft sich ganz erregt.
Kein Frauenherz ist groß genug auf dieser Welt,
daß es so großes Fühlen fassen kann und fest auch hält.
Ach, Frauenliebe ist nicht mehr als Appetit,
sie schlägt nicht auf die Leber, sondern reizt
den Gaumen,
gesättigt schnell, dreht sie sich schnell in Überdruß;
doch meine ist so hungrig wie die See

und kann genauso viel verdaun. Nein, vergleiche nie
die Liebe einer Frau mit meiner Liebe,
die zu Olivia geht.

*Viola*

Jaja, aber ich weiß –

*Herzog*

Was weißt du denn?

*Viola*

Zu welcher Liebe Frauen fähig sind.
Sie können, sag ich Euch, so fühln wie wir.
Mein Vater hatte eine Tochter, und die liebte
einen Mann,
wie ich, vorausgesetzt, ich wäre eine Frau,
dich, Euer Gnaden, lieben würde.

*Herzog*

Was ist aus ihr geworden?

*Viola*

Ein leeres Blatt, mein Lord. Sie nannte ihre Liebe nicht,
sie ließ sie fressen durch ihr weiches Schöngesicht,
wie Würmer sich durch Blumen fressen. Ja, sie litt
geheim,
sie färbte sich voll Schwermut grün und gelb
und hockte da:
ein Monument der eigenen Geduld, das schnell verfällt
und dabei lächelt noch. Ist das denn Liebe oder was man
dafür hält?
Wir Männer reden mehr, wir schwören öfter,
doch unser Mund spricht lauter als das Herz.
Viel Liebe legen wir in jeden Schwur,
Doch in die Liebe wenig davon nur.

*Herzog*
Starb deine Schwester denn aus Liebe, Junge?
*Viola*
Ach, ich bin alle Schwestern, alle Brüder, die ich habe.
Ich weiß nicht. –

## *Ende gut, alles gut I. 1.*

### Lied der Helena

Oft ists der eigne Geist, der Rettung schafft,
Die wir beim Himmel suchen. Unsrer Kraft
Verleiht er freien Raum, und nur dem Trägen,
Dem Willenlosen stellt er sich entgegen.

Mein Liebesmut die höchste Höh ersteigt –
Doch naht mir nicht, was sich dem Auge zeigt.
Des Glückes weitsten Raum vereint Natur,
Daß sich das Fernste küßt wie Gleiches nur.

Wer klügelnd abwägt und dem Ziel entsagt,
Weil er vor dem, was nie geschehn, verzagt,
Erreicht das Größte nie. Wann rang nach Liebe
Ein volles Herz und fand nicht Gegenliebe?

## *Liebes Leid und Lust III. 1.*

*Biron*
O! Und ich verliebt, seht doch!
Ich, der Cupidos Geißel sonst gewesen!
Ein wahrer Büttel jedem Sehnsuchtsseufzer,
Ein Lästrer, ja, nachtwachender Konstabel,
Ein strenger Schuldespot des armen Knaben,
Kein Sterblicher so überstolz als ich!
Der laun'sche Junge, greinend, blind, verkappt,
Der alt-jung Riesenzwerg, Ritter Cupido,
Sonettenfürst, Herzog gekreuzter Arme,
Gesalbter König aller Ach und O,
Lehnsherr der Tagedieb und Mißvergnügten,
Monarch der Mieder, Schah der Hosenlätze,
Alleiniger Kaiser, großer Feldzeugmeister
Der Liebeshändler! (O mein kleines Herz!):
Ich soll sein Adjutant sein, soll mich kleiden
In seine Farben, wie ein Maientänzer?
Wie? Was? Ich lieb? Ich werb? Ich such ein Weib?
Ein Weib, das einer deutschen Schlaguhr gleicht,
Stets dran zu bessern, ewig aus den Fugen,
Die niemals recht geht, wie sie auch sich stellt,
Als wenn man stets sie stellt, damit sie recht geht?
Und was das Schlimmste, noch meineidig werden!
Und just die Schlimmste lieben von den dreien!
Ein muntrer Wicht mit einer samtnen Braue,
Mit zwei Pechkugeln im Gesicht statt Augen;
Und eine wahrlich, die die Tat wird tun,

Und wär ein Argus ihr gesetzt zum Wächter!
Und ach um die nun seufzen, für sie wachen!
Ich für sie beten? ... Gut denn! 's ist 'ne Strafe,
Die Amor mir diktiert für das Verachten
Seiner allmächtig furchtbar kleinen Macht.
Nun wohl! So will
Ich lieben, schreiben, seufzen, ächzen, beten;
Der liebt das Fräulein, jener schwärmt für Greten!

CXLVII Die Liebe brennt in mir wie sehrend Fieber,
begehrend, was die Hitze mir vermehrt,
und gierig nach dem Übel zehrt sie lieber
von jeder Nahrung, die das Übel nährt.
Verstand, der Liebe Arzt, hat mich verlassen,
erzürnt, weil ich nicht folgte dem Gebot,
und die Verzweiflung läßt mich klarer fassen:
Gier, die den Rat verschmäht, gewinnt den Tod.
Verloren, der verloren den Verstand
und dem der Sinn von irrer Unrast toll;
dem all sein Plan vom Wahne überrannt
und leer das Wort und nur der Lüge voll.
  Auf deine lichte Herrlichkeit ich schwor;
  schwarz bist du, schwarz wie Nacht und Höllentor!

CLIV Im Schlafe lag der kleine Herr der Herzen,
und bei ihm lag der Brand, der sie erfaßt.
Ein Schwarm von keuschen Nymphen, unter Scherzen,
trat auf den Plan zum Tanz; mit kecker Hast
ergriff der schönsten Nymphe Hand und stahl
die Fackel, die so vieler Herzen Brand.
So ward der Meister aller Lust und Qual
im Schlaf entmannt von einer Jungfernhand.
In einem kühlen Quell löscht' sie das Glühn,
und ew'ge Wärme ward dem Quell zuteil,
der vielen Kranken schon zum Heil gediehn.
Doch ich, der Herrin Knecht, ward dort nicht heil.
  Wo Liebe Wasser wärmt, durft' ich nur fühlen:
  kein Wasser kann das Liebesfeuer kühlen.

# Liebeserklärungen – Liebesschwüre

## »Ists wirklich Liebe?«

## *Antonius und Kleopatra I. 1.*

*Kleopatra*
Ists wirklich Liebe, sag mir denn, wieviel?
*Antonius*
Armsel'ge Liebe, die sich zählen ließe!
*Kleopatra*
Ich will den Grenzstein setzen deiner Liebe!
*Antonius*
So mußt du neue Erd und Himmel schaffen!

CL Sag, welche Macht gab dir die Allgewalt,
daß deine Schwäche meine Kraft zerbricht?
daß ich ein Trugbild schwöre zur Gestalt
und mir die Nacht erscheint als Tageslicht?
Sag, was bewirkt den Zauber des Gesichts,
den Schein, der so dem Schlechten ward verliehn,
daß nichts verbleibt, als dein verwünschtes Nichts
der Tugendfülle andrer vorzuziehn?
Wie kommt's, daß stets mit heißern Liebesflammen
gerechter Grund zum Haß mein Herz entflammt?
Wenn alle mich und dich darob verdammen,
von dir allein drum sei ich nicht verdammt!
  Daß ich nach deinem Unwert so begehrt,
  das wahrlich macht mich deiner Liebe wert.

XVIII Soll ich denn einen Sommertag dich nennen,
dich, der an Herrlichkeit ihn überglänzt?
Dem Mai will Sturm die Blütenpracht nicht gönnen,
und Sommers Herrschaft ist so eng begrenzt.
Oft leuchten seines Blickes Feuerfarben,
doch bald auch hört das goldne Glänzen auf,
bis seine allerletzten Spuren starben
in Wechsel und natürlichem Verlauf.
Dir aber soll der Sommer niemals scheiden,
die Zeit sei fern, daß Schönheit dir verdirbt.
Des Todes gier'ger Blick weiß dich zu meiden:
mein Wort verhütet, daß dein Wesen stirbt.
  Solange Ohren hören, Augen sehn,
  besteht mein Lied, wirst du im Lied bestehn!

## *Liebes Leid und Lust IV. 2.*

So lieblich küßt die goldne Sonne nicht
Die Morgenperlen, die an Rosen hangen,
Als deiner Augen frisches Strahlenlicht
Die Nacht des Taus vertilgt auf meinen Wangen.
Der Silbermond nur halb so glänzend flimmert
Durch der kristallnen Fluten tiefe Reine,
Als dein Gesicht durch meine Tränen schimmert:
Du strahlst in jeder Träne, die ich weine.
Dich trägt als Siegeswagen jede Zähre,
Auf meinem Schmerz fährt deine Herrlichkeit;
So schau, wie ich die Tränenschar vermehre,
Es wächst dein Ruhm, je herber wird mein Leid.
Doch liebe dich nicht selbst; die Tränen scheinen
Dir Spiegel sonst, und ewig müßt ich weinen.

# *Wie es euch gefällt* IV. 3.

*(Der Schäfer Silvius ist in Phoebe verliebt, Phoebe dagegen in den Jüngling Ganymed – die als Junge verkleidete Rosalind)*

*Silvius*
Ihr seid mein Auftrag, Schöngesicht. Mich schickt,
Euch dies zu geben, meine liebe Phoebe.
*Gibt Rosalind den Brief, sie liest ihn*
Ich kenn den Inhalt nicht, doch ahne, daß
aus solcher Kälte oder Raserei,
mit der sie diesen Brief geschrieben hat,
der Stil sehr wütend klingt. Entschuldigt mich:
Ich bin nur Bote, ich hab keine Schuld.
*Rosalind*
Das hält der beste Mann im Kopf nicht aus.
Die sagt: ich sei nicht schön, ich stell nichts dar.
Stolz sei ich, lieben könne sie mich nicht.
Ihr Lieben ist das Tier nicht, das ich jag.
Was schreibt die mir denn hier?
Na, Schäfer, na. Den Brief hier hast du doch
wohl selbstverbrieft?
*Silvius*
Nein, ich beschwörs, ich kenn den Inhalt nicht,
der ist von Phoebe.
*Rosalind* Du bist ein Idiot,
treibst deine Liebe bis an ihren Rand.
Ich sah die Hand: Sie hat ne Lederhand.
Sah aus wie Sand; ich war mir sicher schon,

sie hat nen Handschuh an, doch wars die Hand.
Die Hand von einer Hausfrau. Ach, was solls?
Ich sage: Dieser Brief stammt nicht von ihr.
Von einem Manne stammt der doch eigenhändig.

*Silvius*

Er stammt von ihr, glaubts doch.

*Rosalind*

Was, dieser donnernde, brutale Stil,
ein Stil zum Draufhauen. Und die lehnt sich auf
wie Türken gegen Christ. Ein Frauenhirn,
so sanft, erfände nie solch letzten Dreck,
bei dem die Tinte noch erblaßt.
Wollt Ihr das Schreiben hörn?

*Silvius*

Wenn Ihr es wollt, ich habs noch nie gehört,
doch oft gehört hab ich von Phoebes Wut.

*Rosalind*

Das phebt mich durch; hört die Tyrannin jetzt:
*Liest* »Bist du ein Gott, der sich hier Schäfer nennt
Und einer armen Jungfrau Herz verbrennt?«
Kann eine Frau so fluchen?

*Silvius*

Das nennt Ihr fluchen?

*Rosalind*

»Warum, nachdem du ablegst deinen Namen Gott,
legst du ein Frauenherz so grausam aufs Schafott?«
Habt Ihr je so fluchen hören?
»Nie ist es einem Mann geglückt,
daß er mich so zerfleischt und so zerstückt.«
Sie hält mich also für ein Tier.

»Wenn sogar Haß in deinen Augen mich nicht schreckt,
statt dessen Lieb in meinen Augen weckt,
wie würden sie mich erst verdrehn,
würden sie voller Liebe auf mich sehn?
Bin ich schon in dein Fluchen so verliebt,
wär es dein Flehn, das alles Glück mir gibt?
Er, der dir hier mein Lieben überbringt,
weiß nicht, wie es gewaltig in mir singt.
Deine Antwort, wie mein Leben
weitergeht, die sollst du geben
gut verschlossen diesem Boten,
lieb mich oder zu den Toten
schick mich mit der Silbe NEIN,
dort werd deine Frau ich sein.«

*Silvius*

So was nennt Ihr fluchen?

*Celia*

Ach, armer Schäfer.

*Rosalind*

Mit dem hast du Mitleid? Das verdient der nicht. Würdest du so eine Frau lieben? Dich von ihr zu einem Klavier machen lassen, auf dem sie blindlings herumhämmert? Nicht auszuhalten. Geh zu ihr – die Liebe hat dir alle Zähne gezogen – sag ihr Folgendes: Wenn sie mich wirklich liebt, befehl ich ihr, daß sie dich liebt; tut sie das nicht, kann sie mir gestohlen bleiben, es sei denn, du bittest um Gnade für sie. Liebst du sie wirklich, tus, und jetzt kein Wort mehr. . .

XXI Mein Liebeslied klingt nicht wie jener Schall,
der angeschminkter Schönheit mag ertönen;
der aller Bilder Schmuck holt aus dem All
und jedes Schöne borgt dem Schein vom Schönen.
Es ist nicht Schwall, nicht Fülle von Vergleichen
mit Sonn und Mond und was es immer nur
in Flut und Festland gibt, mit Himmelszeichen
und allen Wunderwerken der Natur.
Echt ist mein Lieben, wahr sei auch mein Lied:
drum glaub, daß keine Erdenflamme brennt
mit schönrer Glut, obgleich noch schöner glüht
der goldne Strahlenkranz am Firmament.
  Mag, wer zu prahlen liebt, mit Liebe prahlen;
  ich will nicht preisen, was nicht zu bezahlen.

CXXXII Ich liebe deine Augen, die voll Leid
die Wunden sehn, die mir dein Sinn geschlagen:
ihr Mitleid ist gehüllt in schwarzes Kleid,
und tiefe Trauer scheinen sie zu tragen.
Und wahrlich, nicht der Morgensonne Strahl
malt herrlicher des Ostens graue Wangen,
vom schönsten Abendstern könnt' nicht einmal
den halben Glanz der fahle West erlangen,
als dein Gesicht von deinen Traueraugen.
Und wenn dich doch so schön die Trauer kleidet,
so möge sie auch deinem Herzen taugen,
daß alles, was du hast, dann mit mir leidet.
  Dann schwöre ich, daß jede Farbe stumpf –
  und schwarz allein sei aller Schönheit Trumpf!

# *Viel Lärm um nichts IV. 1.*

*(Die kluge, sehr scharfzüngige Beatrice und Benedikt werden durch Listen ihrer Freunde dazu bewegt, den wortgewandten Kampf gegeneinander aufzugeben und sich ihre Liebe zu gestehen. Durch arge Täuschung dazu verleitet, verweigert Benedikts Freund Claudio am Altar seiner Hero, der Cousine Beatrices, die Eheschließung und beschuldigt die Unschuldige des Treuebruchs.)*

*Benedikt*
Ich liebe nichts in der Welt so sehr als Euch! Ist das nicht seltsam?

*Beatrice*
So seltsam als etwas, von dem ich nichts weiß. Es wäre ebenso möglich, zu sagen, ich liebte nichts in der Welt so sehr als Euch: aber glaubt mirs nicht; und doch lüg ich nicht: ich bekenne nichts und leugne nichts. Mich jammert meine Muhme.

*Benedikt*
Bei meinem Degen, Beatrice, du liebst mich!

*Beatrice*
Schwört nicht bei Eurem Degen, eßt ihn.

*Benedikt*
Ich will bei ihm schwören, daß du mich liebst; und ich will den zwingen, meinen Degen zu essen, der da sagt, ich liebe Euch nicht.

*Beatrice*
Ihr wollt Euer Wort nicht wieder essen?

*Benedikt*

Mit keiner Brühe, die nur je ersonnen werden kann. Ich beteure, daß ich dich liebe!

*Beatrice*

Nun denn, Gott verzeihe mir!

*Benedikt*

Was für eine Sünde, liebste Beatrice?

*Beatrice*

Ihr unterbracht mich eben zur guten Stunde: ich war im Begriff zu beteuern, ich liebte Euch.

*Benedikt*

Tue das von ganzem Herzen!

*Beatrice*

Ich liebe Euch mit so viel von meinem Herzen, daß nichts mehr übrig bleibt, es Euch dabei zu beteuern.

*Benedikt*

Heiß mich, was du willst, für dich ausführen.

*Beatrice*

Ermorde Claudio!

*Benedikt*

O, nicht für die ganze Welt!

*Beatrice*

Ihr ermordet mich, indem Ihrs weigert; lebt wohl!

*Benedikt*

Warte noch, süße Beatrice.

*Beatrice*

Ich bin fort, obgleich ich noch hier bin ... Nein, Ihr seid keiner Liebe fähig! ... Nein, ich bitt Euch, laßt mich!

*Benedikt*

Beatrice! ...

*Beatrice*
Im Ernst, ich will gehn!
*Benedikt*
Laß uns erst Freunde sein!
*Beatrice*
O ja, Ihr wagt eher Freund mit mir zu sein, als mit meinem Feinde zu fechten.
*Benedikt*
Ist Claudio dein Feind?
*Beatrice*
Hat sich der nicht auf den äußersten Grad als ein Schurke gezeigt, der meine Verwandte verleumdet, geschmäht, entehrt hat? O! daß ich ein Mann wäre! ... Was! Sie hinzuhalten, bis sie ihm am Altar die Hand hinhält und dann mit so öffentlicher Beschuldigung, so unverhohlener Beschimpfung, so unbarmherziger Tücke ... o Gott! daß ich ein Mann wäre: ich wollte sein Herz auf offenem Markt verzehren!
*Benedikt*
Höre mich, Beatrice! ...
*Beatrice*
Mit einem Manne aus ihrem Fenster reden! Ein feines Märchen!
*Benedikt*
Nein! Aber Beatrice ...
*Beatrice*
Die süße Hero! Sie ist gekränkt, sie ist verleumdet, sie ist vernichtet!
*Benedikt*
Beatr ...

*Beatrice*

Fürsten und Grafen! Wahrhaftig, ein recht fürstliches Zeugnis! Ein honigsüßes Grafenstückchen! Ein lieber Bräutigam, wahrhaftig! O daß ich ein Mann wäre um seinetwillen! Oder daß ich einen Freund hätte, der um meinetwillen ein Mann sein wollte! Aber Mannheit ist in Zeremonien und Höflichkeiten zerschmolzen, Tapferkeit in Komplimente; die Männer sind ganz Zunge geworden, und unwahr noch dazu! Es ist jetzt schon einer ein Herkules, der nur eine Lüge sagt und darauf schwört! Ich kann durch meinen Wunsch kein Mann werden, so will ich denn als ein Weib mich grämen und sterben ...

*Benedikt*

Warte, liebste Beatrice; bei dieser Hand, ich liebe dich!

*Beatrice*

Braucht sie mir zu Liebe zu etwas Besserm, als dabei zu schwören!

*Benedikt*

Seid Ihr in Eurem Gewissen überzeugt, daß Graf Claudio Hero falsch bezichtigt hat?

*Beatrice*

Ja, so gewiß ich einen Gedanken oder eine Seele habe.

*Benedikt*

Genug, zählt auf mich! Ich fordre ihn heraus. Laßt mich Eure Hand küssen; und so empfehle ich mich Euch bei dieser Hand, Claudio soll mir eine schwere Rechenschaft ablegen. Wie Ihr von mir hört, so denket von mir.

## *Hamlet, Prinz von Dänemark II. 2.*

An die himmlische und den Abgott meiner Seele,
die liebreizende Ophelia

Zweifle an der Sonne Klarheit,
Zweifle an der Sterne Licht,
Zweifl, ob lügen kann die Wahrheit,
Nur an meiner Liebe nicht.

O liebe Ophelia, es gelingt mir schlecht mit dem Silbenmaße; ich besitze die Kunst nicht, meine Seufzer zu messen, aber daß ich dich bestens liebe, o Allerbeste, das glaube mir. Leb wohl!

Der Deinige auf ewig, teuerstes Fräulein,
solange diese Maschine ihm zugehört.
Hamlet

XX Ein Fraungesicht hat dir Natur geschenkt,
du Herr zugleich und Herrin meiner Seele;
ein Frauenherz, das doch nicht treulos denkt,
wie es dem Wechsel stets sich nur vermähle;
ein lockend Aug und dennoch nicht belügend,
verklärend jedes Ding, das es bestrahlt,
und über beiden Wesens Reiz verfügend,
ein Doppelbild, von der Natur gemalt.
Als sie zum Weib dich schuf und selbst entbrannte
für dich, ergänzte sie dich gleich zum Mann:
was meiner Hoffnung den Besitz entwandte
durch Überfluß, den ich nicht brauchen kann.
  So ausgestattet, Frauen zu erlaben –
  laß mir die Liebe, wenn die Lust sie haben!

CXXXVI Wenn's dich verdrießt, daß ich zu nah dir trat,
so mach mit einem Trost den Vorwurf still:
dein eigner Will' verteidigt deine Tat,
was aber wär ich andres als dein Will?
Und will nichts andres als den Herzensschatz
vermehren dir, so gut ich eben kann.
Dort, wo so viele finden ihren Platz,
kommt's wahrlich auf den einen nicht mehr an.
Nicht zählen mußt du mich; ich sei dir nichts,
ich bin nicht da; und falle dennoch auf.
Entbehrt mein Wert auch scheinbar des Gewichts,
um eines Umstands nimmst du mich in Kauf.
  Dein Will' sei alles dir, ich dulde still;
  du liebst mich, merkst du einst: ich bin dein Will.

## *Was ihr wollt III. 1.*

*(Nach einem Schiffbruch tritt Viola als Junge verkleidet in die Dienste des Herzogs. Sie verliebt sich in ihn, er aber ist verliebt in Olivia. Cesario/Viola wirbt als Liebesbote für ihren Herren, und Olivia verliebt sich in den schönen, vermeintlichen Jüngling.)*

*Olivia*
Bleib.
Ich bitte dich, sag, was du von mir denkst.
*Viola*
Daß Ihr denkt, Ihr seid nicht, die Ihr seid.
*Olivia*
Wenn ich das wirklich denke, denke ich dasselbe auch von dir.
*Viola*
Dann denkt Ihr richtig: Ich bin nicht, was ich bin.
*Olivia*
Ich wünschte, du wärst so, wie ich dich haben will.
*Viola*
Meint Ihr, das wäre besser, Madam, als ich bin?
Dann will ichs auch und mach Euch den Idioten.
*Olivia*
Ach, wie ihn solche Grobheit noch verschönt,
und die Verachtung seinen Mund noch voller macht.
Des Mörders Schuld wird schneller nicht ans Licht gebracht
als Liebe, die den Schatten sucht. Der helle Tag –
das ist die beste Zeit für eine Liebesnacht.

Cesario, ich schwöre Euch, bei allem was mir teuer ist,
Jungfräulichkeit und Ehre, daß Ihr das für immer wißt:
Ich liebe Euch so sehr, daß weder die Vernunft, noch
Stolz, noch Geist
mich meine Leidenschaft jemals verstecken heißt.
Und rede dir nicht ein: nur weil ich werfe mich
an deine Brust,
du mich verachten und von dir abtun mußt.
Liebe zu finden, ohne sie zu suchen –
wer wollte nicht ein Stück von solchem Kuchen?

*Viola*

Ich schwöre Euch bei allem, was mir heilig ist,
mein Herz, mein Busen und mein Treusein, daß Ihr es
für immer wißt,
dies alles ist versprochen keiner anderen Frau und
wird es niemals sein,
ich bin mein eigner Herr, und so beherrsch ich mich
allein.
Machs gut, Madam, und niemals mehr
komm ich in Dingen meines Herren her.

*Olivia*

Komm wieder, denn: vielleicht wird dir dein hartes
Herz zur Last
und wendet sich zu einer Liebe, die du heut noch haßt.

# Treueschwüre – Treuebrüche

»Ich werde meineidig, wenn ich liebe …«

## *Liebes Leid und Lust I. 2.*

*Armado*
Ich werde meineidig (welches doch ein großer Beweis von Treulosigkeit), wenn ich liebe: und wie kann das echte Lieben sein, welches mit Untreue begonnen wird? Liebe ist ein Kobold; Liebe ist ein Teufel; es gibt keinen bösen Engel als die Liebe! Dennoch ward Simson so versucht, und er besaß eine ausnehmende Stärke; dennoch ward Salomo so verführt, und er besaß einen ziemlichen Verstand. Cupidos Pfeil ist zu stark für Herkules' Keule; wie sollte er dann nicht meiner spanischen Klinge überlegen sein? Der erste und zweite Ausforderungsgrund können mir nicht helfen: den *passado* achtet er nicht, das *duello* erkennt er nicht an. Sein Schimpf ist, Knabe genannt zu werden; sein Triumph dagegen, Männer zu unterjochen. Fahr hin, Tapferkeit! Roste, meine Klinge! Schweige, Trommel! Denn euer Gebieter ist in Liebe: ja, er liebet! Helfe mir irgendein improvisierender Gott des Reims; denn zweifelsohne wird aus mir ein Sonettendichter! Erfinde, Witz; schreibe, Feder; denn ich bin gestimmt für ganze Bände in Folio!

CXL Nicht minder als du grausam, sei doch klug,
damit dein Hohn nicht meinen Schmerz entwöhne
von Stummheit, und er täte sich genug
und die Verzweiflung fände ihre Töne.
Ich lehr dich Klugheit: liebst du mich auch nicht –
daß du mich liebst, sei mir von dir erfunden:
ganz wie der Arzt in sichern Todes Sicht
von nichts dem Siechen spricht als vom Gesunden.
Läßt du verzweifeln mich, so werd ich toll
und könnt' in Tollwut deinen Ruf beflecken;
die Welt ist schlecht und so von Mißgunst voll,
daß toller Schimpf kann tollen Beifall wecken.
  Damit uns beiden dies erspart sei: so
  blick zu mir, ist dein Herz auch anderswo.

CXLIV Zwei Lieben lenken mich zu Glück und Leid,
vollführen geisterhaften Zeitvertreib:
ein Jüngling steht im Licht; zum Widerstreit
mit ihm als böser Geist ein dunkles Weib.
Um sichrer in die Hölle mich zu bringen,
lockt sie den lichten Geist mir von der Stelle,
versuchend, ihn satanisch zu durchdringen,
und leitet so den Heiligen zur Hölle.
Ob ganz mein Engel schon mir kam abhanden,
kann ich nicht wissen, doch ich mag's vermuten;
da beide, mir entfernt, einander fanden,
so scheint's, er brenne schon in Höllengluten.
  Gewißheit aber wird, wenn ohne Zweifel
  mein Teufel meinen Engel jagt zum Teufel.

## *Troilus und Cressida III. 2.*

*Cressida*
Kühnheit kommt nun zu mir und macht mir Mut:
Prinz Troilus! Euch liebt ich Tag und Nacht,
Seit manchem langen Mond.
*Troilus*
Wie warst du mir so schwer denn zu gewinnen?
*Cressida*
Schwer nur zum Schein, doch war ich schon gewonnen
Vom ersten Blick, der jemals – o verzeiht!
Sag ich zuviel, so spielt Ihr den Tyrannen,
Ich lieb Euch nun, doch nicht bis jetzt so viel,
Daß ichs nicht zähmen kann – doch nein, ich lüge:
Mein Sehnen war wie ein verzognes Kind
Der Mutter Zucht entwachsen. O wir Ärmsten!
Was plaudr ich da? Wer bleibt uns wohl getreu,
Wenn wir uns selbst so unverschwiegen sind?
So sehr ich liebte, warb ich nicht um Euch,
Und doch fürwahr wünscht ich ein Mann zu sein,
Oder daß wir der Männer Vorrecht hätten,
Zuerst zu sprechen. Liebster, heiß mich still sein!
Sonst im Entzücken red ich ganz gewiß,
Was mich dereinst gereut. O sieh, dein Schweigen,
So schlau verstummend, lockt aus meiner Schwachheit
Die innersten Gedanken: schließ den Mund mir!
*Troilus*
Gern! Tönt er auch die süßeste Musik.

*Er küßt sie*

*Pandarus*
Recht artig! meiner Treu!
*Cressida*
Mein Prinz, ich bitt Euch sehr, entschuldigt mich:
Nicht wollt ich so mir einen Kuß erbetteln.
Ich bin beschämt – o Himmel! Was begann ich?
Für diesmal muß ich Abschied nehmen, Prinz.
*Troilus*
Abschied, mein süßes Mädchen?
*Pandarus*
Abschied? Nun ja, Ihr mögt bis morgen früh Abschied nehmen ...
*Cressida*
Laßts nun genug sein ...
*Troilus* Was erzürnt dich, Liebste?
*Cressida*
Mein eignes Hiersein, Prinz.
*Troilus* Ihr könnt Euch selbst
Doch nicht entfliehn?
*Cressida* Laßt mich, daß ichs versuche.
Zwar eine Art von meinem Selbst bleibt hier,
Doch ein unart'ges, das sich selbst verläßt,
Als Deine Törin. O, wo blieb mein Sinn?
Ich möchte gehen – ich sprech, ich weiß nicht was.
*Troilus*
Wer so verständig spricht, weiß, was er spricht.
*Cressida*
Vielleicht mein Prinz, zeig ich mehr List als Liebe
Und sprach so dreist ein frei Geständnis aus,
Mir Euer Herz zu fahn. Doch Ihr seid weise,

Oder liebt nicht: denn weise sein und lieben
Vermag kein Mensch; nur Götter könnens üben.

*Troilus*

O, daß ich glaubt, es könne je ein Weib
(Und wenn sies kann, glaub ichs zuerst von Euch)
Für ewig nähren Liebesflamm und Glut,
In Kraft und Jugend ihre Treu bewahren,
Die Schönheit überdauernd durch ein Herz,
Das frisch erblüht, ob auch das Blut uns altert!
Daß nur die Überzeugung mir erstarkte,
Ihr könntet meine Treu und Innigkeit
Erwidern mit dem gleichgefüllten Maß
Der reinen ungetrübten Herzensneigung:
Wie würde michs erheben! Aber, ach!
Ich bin so wahrhaft, wie der Wahrheit Einfalt,
So einfach, wie die Wahrheit spricht im Kinde.

*Cressida*

Den Wettkampf nehm ich an.

*Troilus* O hold Gefecht,

Wenn Recht um Sieg und Vorrang ficht mit Recht!
Treuliebende in Zukunft werden schwören
Und ihre Treu mit Troilus versiegeln:
Und wenn dem Vers voll Schwür und schwülst'gen Bildern
Ein Gleichnis fehlt, der oft gebrauchten müde –
Als: treu wie Stahl, wie Sonnenschein dem Tag,
Pflanzen dem Mond, dem Täubchen seinem Tauber,
Dem Zentrum Erde, Eisen dem Magnet –
Dann, nach so viel Vergleichungen der Treu,
Wird als der Treue höchstes Musterbild

»S o  t r e u  w i e  T r o i l u s !« den Vers noch krönen
Und weihn das Lied.

*Cressida* Prophetisch sei dies Wort!
Werd ich dir falsch, untreu nur um ein Haar –
Wenn Zeit gealtert und sich selbst vergaß,
Wenn Regen Trojas Mauern aufgelöst,
Blindes Vergessen Städte eingeschlungen
Und mächt'ge Reiche spurlos sind zermalmt
Ins staub'ge Nichts: auch dann noch mög Erinnrung –
Spricht man von falschen, ungetreuen Mädchen –
Schmähn meine Falschheit! Sagten sie: »So falsch
Wie Luft, wie Wasser, Wind und lockrer Sand,
Wie Fuchs dem Lamm, wie Wolf dem jungen Kalbe,
Panther dem Reh, Stiefmutter ihrem Sohn –
Ja«, schließ es dann, und treff ins Herz der Falschheit:
»S o  f a l s c h  w i e  C r e s s i d a !«

CXVII So wirf mir vor, daß ich weit mehr genossen
an Gunst, als was ich dir zurückgegeben;
daß ich dem Herzen mich nicht angeschlossen,
dem alle Pflicht das meine muß verweben;
daß ich mit niedern Geistern oft verkehrte,
mit schnödem Sinn dich um dein Recht betrog,
die Segel hissend, wie der Wind begehrte,
der fernhin mich von deinem Hafen zog.
Schreib Fehler auf und Eigensinn und Grillen,
häuf Argwohn, den Beweis erhärten soll;
du magst an mir dir deinen Unmut stillen –
doch triff mich tödlich nicht mit deinem Groll!
  Ich hatte dein doch wahrlich nur vergessen,
  um deine ganze Treue zu ermessen.

XLIX Für jene Zeit – o wär' sie abzuwenden! –
wo alle meine Fehler dich verdrießen,
und wo du ließest deine Liebe enden
und Klugheit deines Herzens Rechnung schließen,
für jene Zeit, wo du mir gehst vorbei,
die Sonne deiner Augen kaum mich grüßt,
daß kalte Würde an der Stelle sei,
wo letzte Glut des Herzens eingebüßt –
für jene Zeit erhalt ich mir Bestand,
bereit, was mir gebühre, zu erkennen,
und, wider mich erhebend meine Hand,
die Sache, die du führst, gerecht zu nennen.
  Brichst du den Bund, so ist's nicht anzufechten;
  das Recht der Liebe ruht ja nicht auf Rechten.

## *Die beiden Veroneser II. 6.*

*(Dazu gezwungen, verläßt Proteus seine geliebte Julia und die Heimatstadt Verona. Am Hof in Mailand trifft er seinen Freund Valentin wieder, dessen Liebe von der Tochter des Herzogs, Silvia, erwidert wird. Auch Proteus verliebt sich in sie, und, indem er alle Treueschwüre zu seinem Freund und Julia bricht, versucht er durch Intrigen, Silvia für sich zu gewinnen.)*

*Proteus*

Verlaß ich meine Julia, ist es Meineid;
Lieb ich die schöne Silvia, ist es Meineid;
Kränk ich den Freund, das ist der höchste Meineid;
Dieselbe Macht, die erst mich schwören ließ,
Sie reizt mich jetzt, dreifachen Schwur zu brechen:
Die Liebe zwang zum Eid und zwingt zum Meineid!
O Liebe, süß verführend, wenn du sündigst,
So lehr auch den Verführten sich entschuld'gen!
Erst huldigt ich dem schimmernden Gestirn,
Jetzt bet ich an den Glanz der Himmelssonne!
Man bricht bedachtsam unbedacht Gelübde,
Und dem fehlt Witz, dem echter Wille fehlt,
Den Witz zu brauchen, gut für schlecht zu wählen ...
Pfui dir, du Lästerzunge: schlecht zu nennen,
Die du als höchstes Gut so oft gepriesen
Mit zwanzigtausend seelverbürgten Eiden!
Nicht meiden kann ich Lieb, und doch geschiehts:
Doch meid ich dort sie, wo ich lieben sollte! ...
Julia verlier ich, und den Freund verlier ich:
Und sind sie mein, muß ich mich selbst verlieren! ...

Verlier ich sie, find ich durch den Verlust
Für Valentin mich selbst; für Julia Silvia! ...
Ich bin mir selber näher als der Freund,
Denn Lieb ist in sich selbst am köstlichsten!
Und Silvia – zeug, o Himmel, der sie schuf! –
Stellt Julia mir als dunkle Mohrin dar!
Vergessen will ich denn, daß Julia lebt,
Nur denken, mein Gefühl für sie sei tot;
Und Valentin will ich als Feind betrachten.
Daß Silvia ich, als süßres Lieb erwerbe!
Ich kann die Treu mir selber nicht bewahren,
Begeh ich nicht Verrat an Valentin! ...
...
Leih, Liebe, Schwingen, rasch zum Ziel zu streben,
Wie du mir Witz gabst, diese List zu weben!

XLI Die Lust an leichter Sünde, wenn ich weit
bisweilen deinem Herzen, wohl entsprach
sie deiner Jugend, deiner Herrlichkeit;
denn wo du weilst, folgt dir Verführung nach.
Du bist so willig, leicht drum zu gewinnen,
du bist so schön, als Beute drum begehrt;
und wann versagte sich mit spröden Sinnen
ein Weibgeborner, wenn ein Weib gewährt?
Und dennoch will ich dir zur Warnung sagen:
Laß deine süßen Lüste nicht zu frei,
die dich in diesen tollen Taumel jagen,
worin du zweifach brechen mußt die Treu –
die ihre, da dein Reiz sie hat geblendet,
die deine, da er sich mir abgewendet.

XLII Daß sie nun dein, ist nicht mein ganzer Gram,
obgleich sie meinem Herzen nahestand.
Doch daß sie, dir sich gebend, dich mir nahm –
Verlust ist's wahrlich, den ich nicht verwand.
Drum so, ihr Sünder, lös ich euch der Schuld:
du liebst sie, weil du weißt, daß ich sie liebe;
und sie gewährt dir meinethalben Huld,
wie wenn es dich für mich nur zu ihr triebe.
Verlier ich dich, hat so Gewinn mein Lieb,
verlier ich sie, so wird's dem Freunde frommen;
wofür zum Schluß mir selbst die Tröstung blieb,
nur meinethalb sei'n beide mir genommen.
Doch sprich, sind wir nicht eines: du und ich?
So träume ich: sie liebt ja doch nur mich!

# *Ein Sommernachtstraum II. 2.*

*(Hermia liebt Lysander, Lysander liebt Hermia. Hermia wird von Demetrius geliebt, den sie nicht mag, und Demetrius von Helena, die er wiederum verabscheut. In einer Sommernacht geraten die Verliebten im Wald bei Athen in das Reich der Elfenkönigin Titania. Irrtümlich träufelt Puck dem neben Hermia schlafenden Lysander ein Liebeselixier auf die Augen. Erwachend, sieht er Helena, verliebt sich sofort in sie und vergißt Hermia.)*

*Lysander*
Durchs Feuer lauf ich, wenns dir Freude machet!
Verklärte Helena, so zart gewebt,
Daß sichtbar sich dein Herz im Busen hebt!
Wo ist Demetrius? O der Verbrecher!
Sein Name sei vertilgt! Dies Schwert dein Rächer!
*Helena*
Sprecht doch nicht so, Lysander, sprecht nicht so!
Liebt er schon Eure Braut: ei nun, seid froh!
Sie liebt Euch dennoch stets.
*Lysander* O nein! Wie reut
Mich die bei ihr verlebte, träge Zeit!
Nicht Hermia: Helena ist jetzt mein Leben!
Wer will die Kräh nicht für die Taube geben?
Der Wille wird von der Vernunft regiert:
Mir sagt Vernunft, daß Euch der Preis gebührt!
Ein jedes Ding muß Zeit zum Reifen haben;
So reiften spät in mir des Geistes Gaben:
Erst jetzt, da ich am Ziel des Mannes bin,
Wird die Vernunft des Willens Führerin

Und läßt mich nun der Liebe Tun und Wesen
In goldner Schrift in Euren Augen lesen!

*Helena*

Weswegen ward ich so zum Hohn erwählt?
Verdient ich es um Euch, daß Ihr mich quält?
Wars nicht genug, genug nicht, junger Mann,
Daß ich nicht einen Blick gewinnen kann,
Nicht einen holden Blick von dem Geliebten,
Wenn Eure Spötterein mich nicht betrübten?
Ihr tut, fürwahr, Ihr tut an mir nicht recht,
Daß Ihr um mich zu buhlen Euch erfrecht!
Gehabt Euch wohl! Allein, ich muß gestehen,
Ich glaubt in Euch mehr Edelmut zu sehen!
O daß, verschmäht von einem Mann ein Weib
Dem andern dienen muß zum Zeitvertreib!

*Ab*

*Lysander*

Sie siehet Hermia nicht! ... So schlaf nur immer,
So nahtest du Lysander doch dich nimmer!
Wie nach dem Übermaß von Näscherein
Der Ekel pflegt am heftigsten zu sein;
Wie die am meisten Ketzereien hassen,
Die, einst betört, sie wiederum verlassen:
Mein Übermaß! mein Wahn! so flieh ich dich;
Dich hasse jeder, doch am ärgsten ich!
Nun strebt nach Helena, Mut, Kraft und Sinne,
Daß ich ihr Ritter werd und sie gewinne!

*Ab*

CXXXVIII Schwört mir die Liebste, daß sie treu: erkannt
hab ich die Lüge, will ihr aber glauben;
damit sie glaubt, ich wäre noch ein Fant,
dem schlechte Welt die Unschuld nicht konnt' rauben.
So glaubend, daß sie noch für jung mich hält,
obwohl sie weiß, daß ich bereits in Jahren,
hab ich mich vor der Lügnerin verstellt,
daß beiderseits die Wahrheit wir bewahren.
Doch warum sagt sie mir nicht, daß sie lüge?
Warum bekenn ich ihr nicht mein Gebrechen?
Ach, Liebe liebt dergleichen Winkelzüge
und liebt es nicht, vom Ältersein zu sprechen.
  Ich laß von ihr, sie sich von mir betrügen,
  umlügend unsre Fehler zum Vergnügen.

# Liebesverwirrungen

»Zeit, du mußt das entwirrn ...«

## *Ein Sommernachtstraum V. 1.*

*Theseus*
Ich glaubte nie an diese Feenpossen
Und Fabelein. Verliebte und Verrückte
Sind beide von so brausendem Gehirn,
So bildungsreicher Phantasie, die wahrnimmt,
Was nie die kühlere Vernunft begreift!
Wahnwitzige, Poeten und Verliebte
Bestehn aus Einbildung. Der eine sieht
Mehr Teufel, als die weite Hölle faßt:
Der Tolle nämlich; der Verliebte sieht
Nicht minder irr: die Schönheit Helenas
Auf einer äthiopisch braunen Stirn.
Des Dichters Aug, in schönem Wahnsinn rollend,
Blitzt auf zum Himmel, blitzt zur Erd hinab,
Und wie die schwangre Phantasie Gebilde
Von unbekannten Dingen ausgebiert,
Gestaltet sie des Dichters Kiel, benennt
Das luft'ge Nichts und gibt ihm festen Wohnsitz!
So gaukelt die gewalt'ge Einbildung.
Empfindet sie nur irgendeine Freude:
Sie ahnet einen Bringer dieser Freude!
Und in der Nacht, wenn uns ein Graun befällt,
Wie leicht, daß man den Busch für einen Bären hält!

## *Ein Sommernachtstraum II. 2. und III. 1.*

*(Im Wald bei Athen, im Elfenreich, liegt die Königin Titania im Streit mit ihrem Mann, König Oberon. Oberon verzaubert mit einem Liebeselixier Titania.)*

*Oberon*
*(träufelt der schlafenden Titania das Liebeselixier auf die Augen)*
Was du wirst erwachend sehn,
Wähl es dir zum Liebsten schön;
Seinetwegen schmacht und stöhn,
Sei es Brummbär, Kater, Luchs,
Borst'ger Eber oder Fuchs;
Was sich zeigt an diesem Platz,
Wenn du aufwachst, wird dein Schatz,
Sähst du gleich die ärgste Fratz!

...

*Titania*
*(erwacht und sieht Zettel mit dem Eselskopf)*
Ich bitte dich, du holder Sterblicher,
Sing noch einmal! Mein Ohr ist ganz verliebt
In deine Melodie; auch ist mein Auge
Betört von deiner lieblichen Gestalt;
Gewaltig treibt mich deine schöne Tugend,
Beim ersten Blick dir zu gestehn, zu schwören:
Daß ich dich liebe!

*Zettel*
Mich dünkt, Madam, sie könnten dazu nicht viel Ursache haben. Und doch, die Wahrheit zu sagen, halten Ver-

nunft und Liebe heutzutage nicht viel Gemeinschaft. Schade, daß ehrliche Nachbarn sie nicht zu Freunden machen wollen! Gelt, ich kann auch spaßen, wenns drauf ankommt.

*Titania*

Du bist so weise, wie du reizend bist.

*Zettel*

Das nun just auch nicht. Doch, wenn ich Witz genug hätte, um aus diesem Walde zu kommen, so hätte ich just so viel, als mir nötig täte.

*Titania*

Begehre nicht, aus diesem Hain zu fliehn;
Du mußt hier, willig oder nicht, verziehn.
Ich bin ein Geist von nicht gemeinem Stande;
Ein ew'ger Sommer zieret meine Lande;
Und sieh, ich liebe dich: drum folge mir!
Ich gebe Elfen zur Bedienung dir;
Sie sollen Perlen aus dem Meer dir bringen
Und, wenn du leicht auf Blumen schlummerst, singen,
Ich will vom Erdenstoffe dich befrein,
Daß du so luftig sollst wie Geister sein! . . .

LXXXVIII Wenn Leid mir zuzufügen dich erfreute
und mein Verdienst mit deinem Spott zu schmähn,
so kämpf ich gegen mich auf deiner Seite,
bereit, trotz falschem Eid dich treu zu sehn.
Die eignen Schwächen kann ich mir nicht hehlen
und will sie zeigen dir mit offnem Sinn,
und kennst du all mein Fehlen und Verfehlen,
so wird dir mein Verlust gar zum Gewinn.
Und schließlich mach ich's mir auch zum Geschenke:
da ich an dich zu denken nur vermag,
so bringt die Schmach, mit der ich selbst mich kränke,
als dein Ertrag mir doppelten Ertrag.
  So lieb ich dich, und darf mich nicht beklagen:
  was Liebe einträgt, hat sie zu ertragen.

# *Was ihr wollt II. 2*

*(Nach einem Schiffbruch tritt Viola, als Junge verkleidet, in die Dienste des Herzogs. Sie verliebt sich in ihn, er aber ist verliebt in Olivia. Cesario/Viola wirbt als Liebesbote für ihren Herren, und Olivia verliebt sich in den schönen, vermeintlichen Jüngling.)*

*Viola*

Ich hab ihr keinen Ring zurückgelassen. Was meint die Lady?
Das Schicksal soll verhüten, daß mein Äußeres sie so verwirrt.
Sie hat mich sehr genau beobachtet, tatsächlich, so scharf betrachtet,
daß ich schon meinte, ihre Blicke lähmen ihr die Zunge,
weil sie so völlig wirre Dinge durcheinander sprach. –
Sie liebt mich, das ist sicher: Die Schläue ihrer Leidenschaft
Versteckt in diesem schlechtgelaunten Boten ihre Einladung.
Ein Ring von meinem Herrn? – Er hat ihr nichts geschickt.
Ich bin der Mann. Wenn das wirklich wahr ist, dann,
ach, arme Lady, wärst du besser verliebt in ein Gespenst.
Verkleidung, ich stell fest, du bist ein schlimmes Ding,
ein Teufelswerk, das alles durcheinander bringt.
Wie leicht fällt es dem Heiratsschwindler, sein falsches Bild

Den weichen Frauenherzen einzuprägen!
Ach, Schuld ist unsre Schwäche, nicht wir selbst,
denn nur, wenn einer an uns faßt, dann sind wir was.
Was soll nur werden? Mein Herr liebt sie so tief,
und ich, ein armes Monster, lieb ihn doch genauso;
und sie, in ihrem Irrtum, scheint in mich verliebt.
Wo ist die Lösung für dies Durcheinander?
Als ein Mann
Steh ich der Liebe meines Herrn im Weg. Als eine Frau
– verfluchter Tag – brech ich Olivia ihr armes Herz.
Zeit, du mußt das entwirrn, nicht ich;
so harte Knoten aufzulösen, ist zu schwer für mich.

LXXV Was Brot dem Leibe, bist du meiner Seele,
was dürrer Saat der Regen, bist du mir,
der ich um deine Ruh mich rastlos quäle,
wie es dem Geizhals geht mit seiner Gier.
Bald möcht' ich prahlend meinen Schatz genießen,
bald zittr' ich, daß die Zeit ihn bald mir stiehlt;
bald wünsch ich, ganz mit dir mich einzuschließen,
bald, daß mein Glück sich aller Welt empfiehlt.
Bald schwelgt mein Blick in deiner Schönheitsfülle,
um bald nach deinem Blicke zu verschmachten,
und keine andre Lust bleibt Wunsch und Wille,
als deiner Lust beseligt nachzutrachten.
So fühl ich täglich, wechselnd auf der Stelle,
mich bald im Himmel, bald mich in der Hölle.

## *Wie es euch gefällt III. 2.*

*(Rosalind ist vom Hof des Herzogs geflohen und lebt als Junge Ganymed verkleidet in einer Hütte am Waldrand. Im Wald versteckt sich auch Orlando, den sie liebt und der sie ebenfalls liebt. Überall im Wald hängt er seine Liebesgedichte an sie auf.)*

*Rosalind*
Nein, ich geb meine Medizin Schwerkranken. Dem Mann zum Beispiel würd ich sie verabreichen, der hier durch den Wald geistert und die Natur mißbraucht, indem er den Namen »Rosalind« in Bäume schnitzt, Oden an Weißdornbüsche hängt und Elegien an Brombeersträucher. Dem würd ich was verabreichen, das ihm sein Liebesfieber senkt.

*Orlando*
Ich bin der Kranke. Hilf mir meine Krankheit heilen.

*Rosalind*
Ich seh an dir keins der Symptome, die Onkel mir beschrieb, woran man den Verliebten schnell erkennt. Im Zuchthaus Liebe, da bin ich sicher, bist du nicht eingesperrt.

*Orlando*
Was sind denn die Symptome?

*Rosalind*
Eine hohle Wange – habt Ihr nicht, tiefliegende blauangelaufene Augen – habt Ihr nicht, ein abwesendes Gemüt – habt Ihr nicht, ein schlechtrasiertes Gesicht – habt Ihr nicht. Außerdem stände Eure Hose offen, Euer

Hut säße schief auf dem Kopf, die Schnürsenkel wären offen, kurz: Alles an Euch wäre hoffnungslos verkommen. Ihr seid kein solcher Mann: Geschniegelt und gebügelt macht Ihr den Eindruck, als seid Ihr in Euch selbst verliebt, in niemand sonst.

*Orlando*

Du schönes Junges, ich wollt, du würdest glauben, daß ich liebe.

*Rosalind*

Soll ich? Macht doch die glauben, die Ihr liebt, daß Ihr liebt, was ihr sicher lieber wäre, zugegeben, daß sie Euch liebt. Aber ganz ehrlich: Seid Ihr der, der Gedichte an die Bäume hängt?

*Orlando*

Der bin ich, Vögelchen.

*Rosalind*

Und seid Ihr so verliebt, wies in den Versen klingt?

*Orlando*

Kein Reim und kein Gedanke kann sagen wie.

*Rosalind*

Liebe ist nichts als eine Kopfkrankheit, und sie gehört ins Irrenhaus und ausgepeitscht; warum sie keiner heilt auf diese Weise? Die Krankheit ist zu weit verbreitet, und selbst die Irrenwärter sind verliebt. Doch ich heil diese Krankheit mit Beratung.

*Orlando*

Habt Ihr schon wen geheilt?

*Rosalind*

Ja, einen, und zwar so: Er mußte sich mich als seine Liebste vorstellen und jeden Tag neu um mich werben. Was hab ich ihn traktiert mit meiner Wechselhaftigkeit: Mal war ich traurig, mal mädchenhaft, mal sehnsüchtig nach Liebe toll, geheimnisvoll, mal albern, billig, untreu, mal verheult, mal ausgelassen, ein wenig Leidenschaft für alles, doch ganz erleidend nichts, wie junge Männer oder Fraun so sind: Mal liebt ich ihn, mal hatte ich ihn satt, streckte mich aus nach ihm und stieß ihn weg, weinte um ihn und spuckte ihn dann an und trieb ihn so aus seinem Liebesirrsinn in den wahren Irrsinn. Die Folge war: Er sagte dieser Welt »Auf Wiedersehen« und ging ins Kloster. So hab ich ihn gesund gemacht, und so mach ich es auch mit Euch: Ich wasch und wringe Euer Herz ganz aus, bis es so völlig unbefleckt von Liebe ist.

*Orlando*

Ich wäre nicht geheilt, mein Vögelchen.

*Rosalind*

Ich wäre, der Euch heilt, wenn Ihr nur zu mir sagen würdet: Rosalind. Und jeden Tag zu meiner Hütte kämt und wünschtet mich.

*Orlando*

So wahr mein Lieben wahr ist, will ich das. Sag mir jetzt, wo das ist.

*Rosalind*

Geht mit mir hin, und ich zeig Euch, wo das ist, und auf dem Weg erzählt Ihr mir, wo Ihr hier lebt. – Kommst du?

*Orlando*

Wohin mein Herz mich schlägt, Schönes.

*Rosalind*
Nein, nennt mich Rosalind. –

CXXXI Du bist so stolz wie alle stolzen Schönen:
sie wecken Glut und strafen sie mit Pein;
denn ach, du weißt gesichert all mein Sehnen
dir als dem strahlend schönsten Edelstein.
Doch mancher merkt im Anschaun deiner Züge
von solchem Liebeszauber keine Spur;
ich wollte nicht behaupten, daß er lüge,
doch daß es falsch sei, oft mein Herz mir schwur.
Und tausend Seufzer rufe ich zu Zeugen,
daß wahr dagegen, was ich so bekannt;
sie sahen deines Bildes Macht mich beugen,
sie wissen, wie dein Schwarz mich hat gebannt.
  Doch dunkel ist dein Tun nur, nicht dein Schein,
  und jenes trägt dir alles Lästern ein.

## *Die Komödie der Irrungen III. 2.*

*(Nichts voneinander wissend, umkreisen sich in Ephesus die schon als Kinder getrennten Zwillinge Antipholus von Ephesus und Antipholus von Syrakus, und eine große Verwirrung entsteht. Luciana hält den einen Antipholus, der sich in sie verliebt hat, für den anderen Antipholus, den Ehemann ihrer Schwester Adriana.)*

*Luciana*
Vergaßest du in wenig Augenblicken
Des Gatten Pflicht? Und soll durch Mißverstand
Der Liebe Blüt im Liebeslenz ersticken?
Der Bau zerfallen, der so schön erstand?
Hast du die Schwester um ihr Gold gefreit,
So heuchle ihr, dem Gold zuliebe, Feuer;
Und glühst du sonst wo, tus in Heimlichkeit;
Dein falsches Lieben hüll in dunkle Schleier.
Die Schwester les es nicht in deinen Blicken,
Noch laß den Mund die eigne Schmach verkünden.
Laß Huld und Anmut deine Untreu schmücken;
Kleid' als der Tugend Boten schnöde Sünden;
Verstellung berg ihr deines Lasters Flecken
Und leihe dir der Heiligen Betragen.
Sei heimlich falsch; was mußt dus ihr entdecken?
Wird töricht wohl ein Dieb sich selbst verklagen?
Willst du sie zwiefach kränken, Unbeständ'ger,
An ihrem Tisch gestehn des Betts Verrat?
Schmach hat noch Scheinruhm, übt sie ein Verständ'ger,
Und böses Wort verdoppelt böse Tat.

Wir armen Fraun! gönnt uns doch nur den Glauben
(Wir sind ja ganz Vertraun!), daß ihr uns huldigt:
Den Handschuh laßt, wollt ihr die Hand uns rauben;
Ihr wißt, wie gern ein liebend Herz entschuldigt!
Drum, lieber Bruder, geht zu ihr hinein,
Liebkost der Schwester, sprecht ihr freundlich zu:
's ist heil'ger Trug, ein wenig falsch zu sein,
Bringt süßes Schmeichelwort den Geist zur Ruh.

*Antipholus von Syrakus*

Holdselig Kind, dein Nam ist unbekannt mir,
Noch ahn ich, wer dir meinen je genannt;
Du scheinst des Himmels Heiligen verwandt mir,
An Gnad und Reiz, an Schönheit und Verstand.
Lehr mich, Geliebte, prüfen, denken sprechen;
Entfalte meinen irdisch groben Sinnen:
Wie mag ich, wahnumstrickt, betört von Schwächen,
Den Inhalt deines dunklen Worts gewinnen?
Was strebst du, meine Seele zu entraffen,
Und lockst sie in ein unbekannt Gefild?
Bist du ein Gott? Willst du mich neu erschaffen?
Verwandle mich, dir folg ich, schönes Bild!
Doch, bin ich noch ich selbst, so zweifle nicht,
Nie war die eifersücht'ge Schwester mein;
Nie weiht ich ihrem Bette Schwur und Pflicht;
Viel mehr, viel mehr ist meine Seele dein!
Laß ab, Sirene, mich mit süßen Liedern
In deiner Schwester Tränenflut zu locken;
Singst du für dich, wird trunkne Lieb erwidern!
Breit auf die Silberflut die goldnen Locken,

So holdem Lager will ich mich vertraun
Und in der Täuschung des Entzückens wähnen:
Der triumphiert, der so den Tod mag schaun;
So sink und sterbe Lieb in sel'gem Sehnen!

*Luciana*

Wie sprecht ihr fremd und allem Sinn entrückt!

*Antipholus*

Fremd nur für jene, doch von dir entzückt!

*Luciana*

Die Sünd entspringt in Euerm Aug allein.

*Antipholus*

Blind schaute sichs an deiner Sonne Schein.

*Luciana*

Schaut, wo Ihr sollt: das macht die Augen klar!

*Antipholus*

Nacht sehn und blind sein, Lieb, ist gleich, fürwahr!

*Luciana*

Ich, Euer Lieb? Das muß die Schwester sein!

*Antipholus*

Der Schwester Schwester!

*Luciana* Meine Schwester!

*Antipholus* Nein!

Du bist es selbst, des Herzens bester Teil,
Aug meines Augs, der Seele Seelenheil,
Des Lebens Inhalt, Hoffnung, Glück und Wonne,
Mein irdisch Heil und meines Himmels Sonne!

*Luciana*

Das sollt Euch alles meine Schwester sein!

*Antipholus*

Dich nenne Schwester, denn ich bin nur dein;

Dir weih ich Lieb und Leben, nimm mich an;
Ich habe noch kein Weib, du keinen Mann:
Gib mir die Hand!

*Luciana* Ich bitt Euch, seid nur still;
Ich muß erst sehn, ob auch die Schwester will.

# Liebesspiel und Liebeslust

## Als ich bei einer Frau mal lag …

## *Was ihr wollt II. 3.*

### Lied des Narren

Ach Geliebte, wohin irrst du?
Bleib bei mir, denn mich verwirrst du.
Der ich laut singe und leis.
Reis nicht weiter, sei so nett,
Reisen enden stets im Bett,
Wie der Jedermann gut weiß.

Was ist Liebe? Nichts für morgen.
Wer heut lacht, braucht sich nicht sorgen.
Was mal wird, geht schnell vorbei.
Warten, das ist ungesund
Küß mich, Liebste, auf den Mund –
Jugend, ach, good bye, good bye.

CXLI Fürwahr, ich liebe dich nicht mit dem Auge:
ich laß es deine tausend Fehler finden;
das Herz erwägt nicht, was ein Wert ihm tauge:
es liebt dich trotz des Auges Gegengründen.
An deiner Stimme Klang hängt nicht mein Ohr,
und ich verlange nicht, dich zu betasten;
Geschmack, Geruch nicht, nein, kein Sinn erkor
zu einem Fest dich, wenn die Sinne fasten.
Doch fünffach Denken nicht, nicht die fünf Sinne
befrein mein Herz aus seiner Narrheit Bann,
da ich ein Sklave bin von deiner Minne
und nur ein Schatten noch von einem Mann.
  Ein Trost verbleibt, die Schmach mir zu versüßen:
  Die mich zur Sünde zwingt, läßt sie mich büßen.

LII Dem reichen Manne gleich' ich, der im stillen
den Schlüssel führt zu den geheimen Schätzen,
die er dem eignen Blick nicht will enthüllen,
daß nicht Gewöhnung stumpfe das Ergötzen.
Darum sind seltne Feste so begehrt,
die glänzend doch das ganze Jahr bescheinen,
wie durch Juwelen von besondrem Wert
gemehrt der Glanz wird an den andren Steinen.
So wahre ich dich in dem Schrein der Zeit,
wie Festgewand dich sorgsam zu verschließen,
um, wenn es Zeit ist, deine Herrlichkeit
in der Enthüllung gänzlich zu genießen.
  Gesegnet bist du, der die Lust mir weckt,
  wenn offen du – mein Hoffen, wenn verdeckt.

CLI Zu jung ist Liebe, weiß noch nichts von Sünde,
und doch entstammt die Sünde ihrer Huld.
Drum, holde Schelmin, tadle mich gelinde,
sonst weisen meine Fehler deine Schuld.
Denn ich verleite, wie du mich verleitet,
mein beßres Selbst zu schnödem Sinnenspiel;
die Seele spornt das Fleisch, daß es erstreitet
den Sieg der Lust, nichts hält es ab vom Ziel,
es reckt sich auf, hört's deinen Namen sagen,
es zielt auf dich, es fordert Siegerrecht;
dein Herr und Knecht, will's wagen und ertragen:
es steht als Herr und fällt als treuer Knecht.
Drum nenn's nicht Sünde, daß mein Sang erschalle
für die, für deren Gunst ich steh und falle!

## *Der Kaufmann von Venedig V. 1.*

*(Jessica, die Tochter des Kaufmanns Shylock aus Venedig, ist mit ihrem Geliebten Lorenzo aus dem Haus ihres reichen Vaters geflohen.)*

*Lorenzo*
Der Mond scheint hell. In solcher Nacht wie diese,
Da linde Luft die Bäume schmeichelnd küßte
Und sie nicht rauschen ließ, in solcher Nacht
Erstieg wohl Troilus die Mauern Trojas
Und seufzte seine Seele zu den Zelten
Der Griechen hin, wo seine Cressida
Die Nacht im Schlummer lag.
*Jessica* In solcher Nacht
Schlüpft überm Taue Thisbe furchtsam hin
Und sah des Löwen Schatten eh als ihn
Und lief erschrocken weg.
*Lorenzo* In solcher Nacht
Stand Dido, eine Weid in ihrer Hand,
Am wilden Strand und winkte ihrem Liebsten
Zur Rückkehr nach Karthago.
*Jessica* In solcher Nacht
Las einst Medea jene Zauberkräuter,
Den Äson zu verjüngen.
*Lorenzo* In solcher Nacht
Stahl Jessica sich von dem reichen Juden
Und lief mit einem ausgelaßnen Liebsten
Bis Belmont von Venedig.

*Jessica* In solcher Nacht
Schwor ihr Lorenzo, jung und zärtlich, Liebe
Und stahl ihr Herz mit manchem Treugelübd,
Wovon nicht eines echt war.
*Lorenzo* In solcher Nacht
Verleumdete die art'ge Jessica
Wie eine kleine Schelmin ihren Liebsten,
Und er vergab es ihr.
*Jessica*
Ich wollt Euch über-nachten, käme niemand:
Doch horch, ich hör den Fußtritt eines Manns!

## *Liebes Leid und Lust* I. 2.

### Mottes Lied

Wenn rot und weiß die Mädchen blühn,
Hat Sünde nie ein Zeichen;
Sonst macht ein Fehltritt sie erglühn,
Die Furcht wie Schnee erbleichen,
Was Schuld sei oder Schrecken nur,
Wer möcht es unterscheiden,
Wenn ihre Wange von Natur
Die Farbe trägt der beiden?

## *Wie es euch gefällt V. 3.*

Ein Liebster und sein Mädel schön,
   Mit heisa und ha und juchheisa trala!
Die täten durch das Kornfeld gehn
   Zur Maienzeit, der lustigen Paarezeit,
Wann Vögel singen tirlirelirei:
Süß Liebe liebt den Mai!

Und zwischen Halmen auf dem Rain
   Mit heisa und ha und juchheisa trala!
Legt sich das hübsche Paar hinein,
   Zur Maienzeit, der lustigen Paarezeit,
Wann Vögel singen tirlirelirei:
Süß Liebe liebt den Mai!

Sie sangen diese Melodei,
   Mit heisa und ha und juchheisa trala!
Wie's Leben nur 'ne Blume sei,
   Zur Maienzeit, der lustigen Paarezeit,
Wann Vögel singen tirlirelirei:
Süß Liebe liebt den Mai!

So nutzt die gegenwärt'ge Zeit,
   Mit heisa und ha und juchheisa trala!
Denn Liebe lacht im Jugendkleid
   Zur Maienzeit, der lustigen Paarezeit,
Wann Vögel singen tirlirelirei:
Süß Liebe liebt den Mai!

## *Was ihr wollt V. 1.*

### Lied des Narren

Als ich ein kleiner Junge war, ich weiß, daß ich das war,
mit he und ho und mit Regen und Wind,
war jeder Irrsinn wunderbar,
denn es regnet Regen jeden Tag.

Doch als ich dann erwachsen war,
mit he und ho und mit Regen und Wind,
verschloß man vor Dieben das Herz sogar,
denn es regnet Regen jeden Tag.

Als ich bei einer Frau mal lag, ich liebte sie so sehr,
mit he und ho und mit Regen und Wind,
half mir mein großes Maul nichts mehr,
denn es regnet Regen jeden Tag.

Doch als ich dann in die Betten fiel,
mit he und ho und mit Regen und Wind,
hatt ich ganz ausgeträumt mein Spiel,
denn es regnet Regen jeden Tag.

Die Welt, die steht schon lange Zeit,
mit he und ho und mit Regen und Wind,
also Schluß mit dem Stück und der Seligkeit,
ich hoffe, es hat Euch gefreut.

# Liebe schweigt

»Denn meine Lieb … wiegt schwerer als mein Wort«

LXXXV Es schweigt die Muse mir, bewahrt die Haltung,
sie scheut der goldnen Federn Lobgedränge,
die allen Schmuck zu deines Ruhms Entfaltung
geborgt gleich von der ganzen Musenmenge.
Nicht schlechter denk ich, als ein andrer dichtet,
und wie der Küster will ich Amen sagen
zu jedem Preislied, das, an dich gerichtet,
zu deinem Ruhme kunstvoll beigetragen.
Dein Lob erfüllt gefällig ganz mein Ohr,
noch größres Lob oft hätt' ich unterschrieben –
doch nur im Geist, der liebend kommt zuvor
dem Wort von mir, das weit zurückgeblieben.
  Gib Lob dem Wort der andern, mir zu zeigen
  die wahre Gunst für mein beredtes Schweigen.

XXIII Wie auf der Szene oft ein Dilettant,
durch Schüchternheit gehemmt in seinem Spiel;
wie der, der rast, vom Wüten übermannt,
durch Übermaß geschwächt wird vor dem Ziel:
ganz so verfehle ich, von Angst beklommen,
zu tun, was Liebessitte sonst begründet,
und alle Leidenschaft erscheint verglommen,
weil sie zu heftig in mir angezündet.
Drum soll mein Lied für meine Liebe zeugen
und leise künden meinen lauten Drang,
den schüchtern meine Lippe muß verschweigen,
der mancher kühne Ausdruck doch gelang.
  O laß, was stumme Liebe schrieb, gewähren:
  sie wird dich lehren, mit dem Aug zu hören.

## *König Lear I. 1.*

*Lear*
Welche von euch liebt uns nun wohl am meisten?
Daß wir reichste Gabe spenden, wo
Verdienst sie und Natur heischt. Goneril,
Du Erstgeborne, sprich zuerst!
*Goneril* Mein Vater,
Mehr lieb ich Euch, als Worte je umfassen,
Weit inniger als Licht und Luft und Freiheit,
Weit mehr, als was für reich und selten gilt,
Wie Schmuck des Lebens, Wohlsein, Schönheit, Ehre,
Wie je ein Kind geliebt, ein Vater Liebe fand,
Der Atem dünkt mich arm, die Sprache stumm,
Weit mehr als alles das, lieb ich Euch noch.
*Cordelia (beiseit)*
Was sagt Cordelia nun? Sie liebt und schweigt.
*Lear*
All dies Gebiet, von dem zu jenem Strich,
An schatt'gen Forsten und Gefilden reich,
An vollen Strömen und weit grünen Triften,
Beherrsche du: dir und Albaniens Stamm
Sei dies auf ewig. Was sagt unsre zweite Tochter,
Die teure Regan, Cornwalls Gattin? Sprich!
*Regan*
Ich bin vom selben Stoff wie meine Schwester,
Und schätze mich ihr gleich. Mein treues Herz
Fühlt, all mein Lieben hat sie Euch genannt:
Nur bleibt sie noch zurück: denn ich erkläre
Mich als die Feindin jeder andern Lust,

Die in der Sinne reichsten Umkreis wohnt,
Und fühl in Eurer teuren Hoheit Liebe
Mein einzig Glück.

*Cordelia (beiseit)* Arme Cordelia dann! –
Und doch nicht arm; denn meine Lieb, ich weiß,
Wiegt schwerer als mein Wort.

*Lear*

Dir und den Deinen bleib als Erb auf immer
Dies zweite Drittel unsers schönen Reichs,
An Umfang, Wert und Anmut minder nicht,
Als was ich Gon'ril gab. Nun uns're Freude,
Du jüngste, nicht geringste, deren Liebe
Die Weine Frankreichs und die Milch Burgunds
Nachstreben; was sagst du, dir zu gewinnen
Ein reichres Drittel als die Schwestern, sprich!

*Cordelia*

Nichts, gnäd'ger Herr!

*Lear*

Nichts?

*Cordelia*

Nichts.

*Lear*

Aus nichts kann nichts entstehn: sprich noch einmal.

*Cordelia*

Ich Unglücksel'ge, ich kann nicht mein Herz
Auf meine Lippen heben: ich lieb Eur Hoheit,
Wie's meiner Pflicht geziemt, nicht mehr, nicht minder.

*Lear*

Wie? Wie? Cordelia! Beßre deine Rede,
Sonst schadest du deinem Glück.

*Cordelia* Mein teurer Herr,
Ihr zeugtet, pflegtet, liebtet mich: und ich
Erwidr Euch diese Wohltat, wie ich muß,
Gehorch Euch, lieb Euch und verehr Euch hoch.
Wozu den Schwestern Männer, wenn sie sagen,
Sie lieben Euch nur? Würd ich je vermählt,
So folgt dem Mann, der meinen Schwur empfing,
Halb meine Treu, halb meine Lieb und Pflicht.
Gewiß, nie werd ich frein wie meine Schwestern,
Den Vater nur allein zu lieben.

*Lear*
Und kommt dir das von Herzen?

*Cordelia* Ja, mein Vater!

*Lear*
So jung und so unzärtlich?

*Cordelia*
So jung, mein Vater, und so wahr.

LXXX Wie fehlt die Kraft mir, deinen Wert zu preisen,
seitdem zu dir ein stärkrer Geist gefunden,
vor dessen hochberühmten Kraftbeweisen
sich meines Liedes Zunge fühlt gebunden!
Doch da dein Reichtum gleicht dem Ozean,
der schlichte Schiffe wie die stolzen trägt,
so magst du dulden, daß mein armer Kahn
auf deiner schönen Welle sich bewegt.
Ich brauche Beistand, der mich oben hält,
wenn jener flott sich auf die Fahrt gemacht;
und bin als leerer Nachen ich zerschellt,
zieht er dahin mit Pracht und stolzer Fracht.
  Wenn glücklich er in deinen Hafen triebe,
  was liegt an mir: gestrandet an der Liebe!

CII Mein Lieben, schwach erscheinend, ist erstarkt.
Ich liebe, wenn ich's gleich nicht offenbare.
Die Liebe, die man anpreist auf dem Markt,
lockt Kunden an wie eine feile Ware.
Als Liebe jung war, Lenz in meiner Seele,
da hab ich täglich ihr ein Lied geweiht.
Ist Mai im Land, so hört man Philomele,
und still wird sie in reifrer Sommerzeit.
Nicht daß der Sommer dunkler als die Tage,
da ihre Melodie der Nächte Strahl;
doch welkt der Wald, gebeugt von wilder Klage,
und die gewohnten Töne sind banal.
  Darum, gleich ihr, hab ich mein Lied gestillt,
  das sonst mit Überdruß dein Ohr erfüllt.

LXXXIII Nie fand ich, daß es dir an Farbe fehle;
so schien mir's leicht, auf Schminke zu verzichten.
Zu schön erschienst du mir, als daß man wähle
die Worte, dein Gedicht zu überdichten.
Drum war ich säumig, deinen Wert zu preisen,
daß überzeugend für sich selbst er spreche,
imstande, durch sein Dasein zu erweisen
poetischen Erdreistens ganze Schwäche.
Und dieses Stummsein, dir erschien's als Schuld –
ich dachte, daß es mir zum Ruhm gereiche:
aus Schweigen wird nicht Kränkung deiner Huld,
durch falsches Wort wird Leben eine Leiche.
  In einem deiner Augen ist mehr Leben,
  als beiden deine beiden Dichter geben.

CVI Wenn ich in längst verrauschter Zeit Annalen
manch schöner Wesen Bild zu schaun bekam,
und sah sie stolz im Ruhm des Lieds erstrahlen,
die holden Damen, Ritter lobesam,
dann schien mir, wo sich immer Schönheit zeigte
an Lippe, Auge, Mund und Stirn und Händen,
als ob der Sinn der Sänger dazu neigte,
das Bild zu deiner Schönheit zu vollenden.
So war des Liedes Wert: vorauszusagen,
und all ihr Trachten: dich vorwegzunehmen;
die ahnend nur im Sinne dich getragen,
sie mußten sich ins eigne Maß bequemen.
  Die wir dich sehn, uns ist das Aug bezwungen;
  zu feiern deine Schönheit, fehlen Zungen.

LXXXVI War's seiner Dichtung Prunkschiff, ohne Wanken
in siegessicherm Kurs auf deinen Wert,
was mir zerstört hat reifende Gedanken,
zur Gruft verkehrt den Schoß, der sie gebärt?
War es sein Geist, der, mehr als Menschen ahnen,
von Geistern mitbekam, was mich verdorrt?
Nein, nicht vor ihm, noch seinen Nachtkumpanen,
die ihm zur Hand gewesen, wich mein Wort.
Nicht er, auch nicht der Hausgeist, der bei Nacht
ihn treu mit falscher Weisheit macht zum Narren,
hat sieghaft zum Verstummen mich gebracht;
nicht derlei Furcht ließ mir das Blut erstarren.
  Jedoch dein Lob, das ihm den Atem nährt
  zu seinem Lied, hat mir ihn ganz verzehrt.

CIII Ach, wie doch meine Muse Glanz entbehrt
bei solchen Stoffes königlichem Prangen!
Wie schuf ihm die Natur doch höhern Wert,
als jemals meine Kunst ihm könnt' erlangen!
Versag ich so, du sollst mich drob nicht schelten.
Sieh dich im Spiegel, und du hast erfaßt,
wie wenig meine Wortversuche gelten,
und wie das Bild vor der Natur verblaßt.
Wär's nicht Verbrechen: was der Welt gefiel,
Vollkommenheit, durch Zutat zu verderben?
Und mein Gedicht hat doch kein andres Ziel,
als deiner Anmut Weltruhm zu erwerben.
  Weit mehr, als jemals meinen Vers erfüllt,
  enthüllt ein Blick dir auf dein Spiegelbild.

*Die beiden Veroneser II. 2.*

*Proteus*

…

Ja, treue Lieb ist so, sie kann nicht sprechen.
Mit Taten schmückt sich Treu und nicht mit Worten.

*Pantino*

Man wartet schon.

*Proteus* Ich komme, geh nur fort!
Ach! Trennung macht verstummen Liebeswort.

# Liebesleid

» . . . sind schwer die Tränen, die ich dir geweint«

LXIV Seh ich mit grausem Griff die Zeit zerwühlen
erhabnen Prunk der hingesunknen Welten;
stell ich mir vor, wie stolze Türme fielen,
und Trümmer nur für erzne Male gelten;
seh ich des Meers begehrendes Gebiß
an königlichem Strande wölfisch nagen,
und wie das Festland wieder sich entriß,
Gewinn Verlust, Verlust Gewinn muß tragen;
und seh ich diesen Wandel, dies Verkümmern,
und alles, was da war, zum Schluß ein Schemen –
da steigt mir der Gedanke aus den Trümmern:
die Zeit wird mir auch meine Liebe nehmen.
  Gedanke, der in Todestrauer führt:
  zu denken, daß man hat, was man verliert!

XLIV Wär' dieses Leibes träger Stoff der Geist,
vermöchte keine Ferne uns zu trennen,
durch Räume wär' ich rasch dir nachgereist
und wollte keine Grenze anerkennen.
Und ständ' mein Fuß gebannt am fernsten Ort,
dem Geiste wahrlich wär' zum Spott die Schranke,
ich dächte über Land und Meer mich fort
und schon am Ziele wäre der Gedanke.
Mich tötet der Gedanke, daß ich nicht
Gedanke bin, um stets dich aufzufinden:
mein Element erzwingt mir den Verzicht,
das Hindernis des Raums zu überwinden.
  Von Erd und Wasser, die in mir vereint,
  sind schwer die Tränen, die ich dir geweint.

## *Romeo und Julia III. 5.*

*(Romeo und Julia, Kinder zweier tödlich verfeindeter Familien, verlieben sich ineinander und heiraten heimlich. In einem ihm aufgezwungenen Streit ersticht Romeo Julias Vetter und wird verbannt. Die Nacht verbringt er bei Julia. Wenn er nicht vor Tagesanbruch flieht, droht ihm der Tod.)*

*Julia*
Willst du schon gehen. Noch wird es noch nicht Tag.
Es war die Nachtigall und nicht die Lerche;
sie wars, die rief in dein erschrocknes Ohr.
Nachts singt sie dort im Apfelbaum.
Glaub mir, mein Herz, es war die Nachtigall.
*Romeo*
Die Lerche wars, der Morgenpostillion.
Still schweigt die Nachtigall. Ein Licht zerreißt
im Osten dort das dunkle Wolkenpaar.
Sieh hin, mein Herz: Nachtkerzen ausgebrannt.
Froh grüßt der Tag vom Berggipfel ja schon.
Ja, gehn heißt leben, bleiben sterben doch.
*Julia*
Das Licht dort ist kein Tageslicht, glaub mir.
Ein Meteor; die Sonne schickt ihn dir
als Fackel heute nacht nach Mantua.
Drum bleib noch hier. Noch mußt du gar nicht gehen.
*Romeo*
Solln sie mich fangen und mein Henker sein.
Wenn dus so willst, tu ich dagegen nichts.

Und sag: Das Grau dort ist kein Sonnenschein,
ist nur die Blendung unsrer Mondgöttin.
Das ist auch nicht der Lerchenruf, der dort
gegen den Himmel klopft, hoch über uns.
Mir ist das Bleiben näher als das Gehn.
Komm, Tod, willkommen. Julia will es so.
Wie geht's dir, Seele. Sag was. Noch ist Nacht.

*Julia*

Jetzt wird es Tag. Schnell. Schnell. Schnell weg von hier.
Jetzt krächzt die Lerche mit so falschem Ton,
als hätt sie einer komponiert im Krieg.
Die Lerchen singen Liebesmelodien.
Ach, diese nicht. Sie reißt uns ja entzwei.
Kröten und Lerchen tauschen Augen aus,
sagt man. Ach, täten sies mit Stimmen auch,
dann hätt uns nicht geweckt ihr schlimmer Ton
und jagt dich mir nicht in den Tag davon.
Geh schnell, denn immer schneller wird es hell.

*Romeo*

Der Tag wird hell, ja Dunkelheit wächst schnell.

*Auftritt hastig die Amme*

*Amme*

Madam.

*Julia*

Amme.

*Amme*

Die Mutter ist schon auf dem Weg zu Euch.
Der Tag ist da. Jetzt Vorsicht. Seht Euch vor.

*Ab*

*Julia* *Öffnet das Fenster*
Den Tag laß ein, mein Leben laß hinaus.
*Romeo*
Leb wohl. Ein Kuß, vor ich nach unten gehen muß.
*Geht nach unten*
*Julia*
So weit, mein Liebes, Leid, mein Mann und Ehemann,
daß täglich, stündlich ich doch hören kann
von dir. Minuten dauern tagelang.
Ach, diese Rechnung heißt: Ein altes Weib
bin ich, bevor ich wieder küsse deinen Leib.
*Romeo*
Leb wohl.
Nicht eine Möglichkeit wird mir vergehn,
mein Sehnen dir zu senden und mein Flehn.
*Julia*
Glaubst du, wir werden uns je wiedersehn.
*Romeo*
Ich weiß: dies Leid wird sich für uns verdrehn
in Lachen, wenn wir einmal älter sind.
*Julia*
O Gott, mein Herz sieht schweres Unglück nur.
Ich seh dich, wie du in die Tiefe steigst, als steigst
du in dein Grab, als liegst du tot.
Belügt mein Auge mich: Bist du so blaß.
*Romeo*
Vertrau mir. Deine Augen sind nur naß.
Der trockne Schmerz saugt unser Blut. Adieu.

## *Hamlet, Prinz von Dänemark IV. 5.*

### Lied der Ophelia

Wie erkenn ich dein Treu-lieb
  Vor den andern nun?
An dem Muschelhut und Stab
  Und den Sandelschuhn.

Er ist lange tot und hin,
  Tot und hin, Fräulein!
Ihm zu Häupten ein Rasen grün,
  Ihm zu Fuß ein Stein.

Sein Leichenhemd weiß wie Schnee zu sehn
  Geziert mit Blumensegen,
Das unbetränt zum Grab mußt gehn
  Von Liebesregen.

Auf morgen ist Sankt Valentins Tag,
  Wohl an der Zeit noch früh,
Und ich 'ne Maid am Fensterschlag
  Will sein eur Valentin.

Er war bereit, tät an sein Kleid
  Tät auf die Kammertür,
Ließ ein die Maid, die als 'ne Maid
  Ging nimmermehr herfür.

Bei unsrer Frau und Sankt Kathrin!
  O pfui! was soll das sein?
Ein junger Mann tuts, wenn er kann,
  Beim Himmel, 's ist nicht fein.

Sie sprach: eh Ihr gescherzt mit mir,
  Gelobtet Ihr mich zu frein.
*Er antwortet:*
Ich brächs auch nicht, beim Sonnenlicht!
  Wärst du nicht kommen herein.

L Wie langsam schlepp ich mich von Platz zu Platz,
da ich vom Ziel, es scheuend, nichts gelernt
auf Rast und Reise als nur diesen Satz:
»Wie weit bist du von deinem Freund entfernt!«
Mein Tier trabt träge seines Weges hin,
als trüg' es die Beschwer von meinem Gram
und spürte meinen Schmerz, von dir zu ziehn,
und meinen Wunsch, daß ich nicht weiter kam.
Vergebens, wenn ich manchmal doch es sporne,
der blut'ge Sporn befeuert nicht den Schritt;
wie's stöhnend leidet unter meinem Zorne,
weit schwerer leid ich seine Schmerzen mit.
  Für sie bekam die Mahnung ich zurück:
  der Gram liegt vor mir, hinter mir das Glück.

LVII Dein Sklave bin ich, harrend der Befehle,
und deinem Winke folg ich unbedingt,
und keinen andern Dienst ich mir erwähle
als dir zu dienen, wenn du nur gewinkt.
Verspätet sich der Wink, will ich nicht schelten,
ob mir die Uhr auch allzu langsam ging,
und Trennungsweh laß ich dich nicht entgelten,
wenn ich verschwinden muß auf deinen Wink.
Ich suche nicht mit eifersücht'gem Sinn
mich in dein Tun und Wollen zu vergraben –
doch denk ich an die andern, die Gewinn
von deiner holden Gegenwart nun haben.
  Ein solcher Sklav ist Liebe: ihr ist's Pflicht,
  was du auch tust, zu sehn im hellsten Licht.

## *Othello IV. 3.*

### Lied der Desdemona

Das Mägdlein saß singend am Feigenbaum früh,
  Sing Weide, grüne Weide!
Die Hand auf dem Busen, das Haupt auf dem Knie,
  Sing Weide, Weide, Weide!
Das Bächlein, es murmelt und stimmet mit ein;
  Sing Weide, grüne Weide!
Heiß rollt ihr die Trän und erweicht das Gestein;
  Sing Weide, Weide, Weide!
Von Weiden all flecht ich mir nun den Kranz –
  Sing Weide, grüne Weide!
O scheltet ihn nicht, sein Zorn ist mir recht . . .
  Sing Weide, Weide, Weide!
Ich nannt ihn du Falscher! Was sagt er dazu?
  Sing Weide, grüne Weide!
Seh ich nach den Mädeln, nach den Buben sieh du!
  Sing Weide, Weide, Weide!

## *Maß für Maß IV. 1.*

*Junge singt*

Nimm dein Lippenpaar zurück,
das so süß verlogen schwur,
und dein Augenpaar, das Glück
sagt, doch ist mein Unglück nun –
meine Küsse gib, ach gib,
meine Lippen, seid versiegelt.
Lieb, ach Lieb war Hieb, nur Hieb,
auch mein Herz wird jetzt verriegelt.

# *Ein Sommernachtstraum II. 1.*

*(Hermia liebt Lysander, Lysander liebt Hermia. Hermia wird von Demetrius geliebt, den sie nicht mag, und Demetrius von Helena, die er wiederum verabscheut. In einer Sommernacht geraten die Verliebten im Wald bei Athen in das Reich der Elfenkönigin Titania.)*

*Demetrius*
Ich lieb dich nicht: verfolge mich nicht mehr! ...
Wo ist Lysander und die schöne Hermia?
Ihn töten möcht ich gern; sie tötet mich.
Du sagtest mir von ihrer Flucht hieher;
Nun bin ich hier, bin in der Wildnis wild,
Weil ich umsonst hier meine Hermia suche:
Fort! heb dich weg und folge mir nicht mehr!
*Helena*
Du ziehst mich an, hartherziger Magnet!
Doch ziehest du nicht Eisen, denn mein Herz
Ist echt wie Stahl. Laß ab, mich anzuziehn,
So hab ich dir zu folgen keine Macht.
*Demetrius*
Lock ich Euch an und tu ich schön mit Euch?
Sag ich Euch nicht die Wahrheit rund heraus,
Daß ich Euch nimmer lieb und lieben kann?
*Helena*
Und eben darum lieb ich Euch nur mehr!
Ich bin Eur Hündchen, und, Demetrius,
Wenn Ihr mich schlagt, ich muß Euch dennoch schmeicheln!

Begegnet mir wie Eurem Hündchen nur,
Stoßt, schlagt mich, achtet mich gering, verliert mich:
Vergönnt mir nur, unwürdig, wie ich bin,
Euch zu begleiten. Welchen schlechtern Platz
Kann ich mir wohl in Eurer Lieb erbitten
(Und doch ein Platz von hohem Wert für mich!):
Als daß Ihr so wie Euren Hund mich haltet?

*Demetrius*

Erreg nicht so den Abscheu meiner Seele!
Mir ist schon übel, blick ich nur auf dich.

*Helena*

Und mir ist übel, blick ich nicht auf Euch!

*Demetrius*

Ihr tretet Eurer Sittsamkeit zu nah,
Da Ihr die Stadt verlaßt und einem Mann
Euch in die Hände gebt, der Euch nicht liebt;
Da Ihr den Lockungen der stillen Nacht
Und einer öden Stätte bösem Rat
Das Kleinod Eures Mädchentums vertraut.

*Helena*

Zum Schutzbrief dienet Eure Tugend mir:
Es ist nicht Nacht, wenn ich Eur Antlitz sehe!
Drum glaub ich jetzt, es sei nicht Nacht um mich!
Auch fehlts hier nicht an Welten von Gesellschaft,
Denn Ihr seid ja für mich die ganze Welt!
Wie kann man sagen nun, ich sei allein,
Da doch die ganze Welt hier auf mich schaut?

*Demetrius*

Ich laufe fort, verberge mich im Busch
Und lasse dich der Gnade wilder Tiere ...

*Helena*
Das wildeste hat nicht ein Herz wie du!
Lauft, wenn Ihr wollt! Die Fabel kehrt sich um:
Apollo flieht, und Daphne setzt ihm nach;
Die Taube jagt den Greif; die sanfte Hindin
Stürzt auf den Tiger sich. Vergebne Eil:
Verfolgt die Zagheit, flieht die Tapferkeit!
*Demetrius*
Ich steh nicht länger Rede: laß mich gehn!
Wo du mir folgst, so glaube sicherlich,
Ich tue dir im Walde Leides noch!
*Helena*
Ach, in der Stadt, im Tempel, auf dem Felde
Tust du mir Leides. Pfui, Demetrius!
Dein Unglimpf würdigt mein Geschlecht herab.
Um Liebe kämpft ein Mann wohl mit den Waffen;
Wir sind, um Euch zu werben, nicht geschaffen.
Ich folge dir und finde Wonn in Not,
Gibt die geliebte Hand mir nur den Tod!

## *Wie es euch gefällt II. 7.*

Stürm, stürm du Winterwind!
Du bist nicht falsch gesinnt,
  Wie Menschenundank ist.
Dein Zahn nagt nicht so sehr,
Weil man nicht weiß, woher,
  Wiewohl du heftig bist.
Heisa! singt heisa! den grünenden Bäumen!
Viel Freundschaft ist falsch, und die Liebe nur Träumen.
  Drum heisa den Bäumen!
  Den lustigen Räumen!

Frier, frier du Himmelsgrimm!
Du beißest nicht so schlimm
  Als Wohltat, nicht erkannt:
Erstarrst du gleich die Flut,
Viel schärfer sticht das Blut
Heisa! singt heisa! den grünenden Bäumen!
Die Freundschaft ist falsch und die Liebe nur Träumen.
  Drum heisa den Bäumen!
  Den lustigen Räumen!

## *Viel Lärm um Nichts II. 3.*

### Balthasars Lied

Klagt, Mädchen, klagt nicht Ach und Weh,
Kein Mann bewahrt die Treue;
Am Ufer halb, halb schon zur See
Reizt, lockt sie nur das Neue!
  Weint keine Trän und laßt sie gehn,
  Seid froh und guter Dinge,
  Daß statt der Klag und dem Gestöhn
  Juchheisasa erklinge.

Singt nicht Balladen trüb und bleich,
In Trauermelodieen:
Der Männer Trug war immer gleich
Seitdem die Schwalben ziehen!
Weint keine Trän und laßt sie gehn,
  Seid froh und guter Dinge,
  Daß statt der Klag und dem Gestöhn
  Juchheisasa erklinge.

# EPILOG

## *Wie es euch gefällt V. 4.*

*Rosalind*

Es ist nicht Sitte, die Dame im Epilog zu sehen; aber es ist nicht viel unansehnlicher, als den Herrn im Prolog. Wenn es richtig ist, daß guter Wein keinen Kranz braucht, ist es richtig, daß ein gutes Stück keinen Epilog braucht. Für gute Weine nimmt man jedoch gute Kränze; und gute Stücke erweisen sich als besser mit der Hilfe von guten Epilogen. In was für einer Lage bin ich dann, da ich weder ein guter Epilog bin, noch sie einem guten Spiel günstig stimmen kann? Ich bin nicht ausgestattet wie ein Bettler, daher steht mir betteln nicht: Meine Art ist: euch zu bezaubern; und ich fange mit den Frauen an. Ich rufe euch auf, Frauen! um der Liebe willen, die ihr Männern nachtragt, so viel von diesem Spiel zu lieben, wie ihr Lust habt: Und ich rufe euch auf, Männer! um der Liebe willen, die ihr Frauen nachtragt – wenn ich euer Grinsen richtig verstehe, haßt sie keiner – daß das Spiel zwischen euch und den Frauen Freude machen möge. Wenn ich eine Frau wäre, würde ich so viele von euch küssen, wie Bärte hätten, die mir Vergnügen schaffen, und Gesichter wie meins, und Atem, dem ich nicht widerstehe, und ich bin sicher, so viele, wie gute Bärte haben oder gute Gesichter, oder guten Atem, werden, wegen meiner Art Angebot, wenn ich mich verbeuge, mir alles Gute wünschen.

# *Nachwort*

## *Das Recht der Liebe ruht ja nicht auf Rechten*

Persönliches zu seiner Biographie hat uns der große Dichter nicht hinterlassen. Es gibt keine Briefe, keine Tagebücher, keine Erinnerungen seiner Freunde. Aus dem Leben William Shakespeares sind uns nur spärlich Fakten überliefert, die Kirchenregistern, Steuerlisten, Kauf- und Pachtverträgen, Prozeßakten usw. entnommen sind. Für sich allein sind sie wenig spannend, doch lassen sich mit einer gewissen Zuverlässigkeit einige Schlüsse ziehen, die seine Gestalt nicht so ganz im Dunkel seiner Zeit verschwinden lassen.

Demnach wurde William Shakespeare am 26. April 1564 in der kleinen Stadt Stratford upon Avon getauft, als Geburtsdatum nimmt man den drei Tage vorher liegenden St. George's Day an. Genau 52 Jahre später, 1616, starb er dort und wurde am 26. April als angesehener Bürger der Stadt im Chorraum der Holy Trinity Church begraben.

Seine Eltern waren der angesehene Handschuhmacher John Shakespeare, der in Stratford auch bedeutende öffentliche Ämter bekleidete; seine Mutter Mary entstammte einer Familie von in der Nähe ansässigen Landadligen namens Arden. Es ist anzunehmen, daß der Sohn die neue örtliche Grammar School besuchte, die einen sehr guten Ruf besaß. Seine Ausbildung dürfte somit wohl auch höheren Ansprüchen genügt haben. Zu den allgemeinen Unterrichtsfächern damals gehörte vor allen Dingen Latein, und es war üblich, die Schüler zu ermutigen, selbst kleine, lateinische Stücke im Stil von Plautus und Terenz zu verfassen und aufzuführen.

1582, mit achtzehn Jahren, heiratete er die acht Jahre ältere Anne Hathaway, und bereits sechs Monate später wurde die erste Tochter geboren. Es folgten noch Zwillinge, der einzige Sohn starb mit 11 Jahren. Man kann nicht mit Sicherheit sagen, was er bis 1592, als er zum ersten Mal von einem neidischen, empörten Kollegen als Dramatiker in London erwähnt wird (... an upstart crow, beautified with our feathers ...), getan hat, und wie er nach London gekommen ist. Da in Stratford oft verschiedene Theatertruppen gastierten, vermutet man, daß er sich einer davon angeschlossen hat. Seit 1594 war er festes Mitglied der Theatertruppe der ›Lord Chamberlain's Men‹ in London, die nach dem Tod der Königin Elisabeth in die ›King's Men‹ umbenannt wurden. Sie gehörten zu den bevorzugten Schauspielern bei Hof, seine Stücke, die er für die Truppe geschrieben hatte, wurden also vor einem anspruchsvollen Publikum erfolgreich aufgeführt. Gesichert ist, daß er Anteile an den Theatern Globe und Blackfriars besaß; und Haus- und Landkäufe von beträchtlichem Wert, vor allem in Stratford, lassen darauf schließen, daß seine Vermögensverhältnisse außerordentlich gut waren. Prozeßakten wiederum, in denen er als Kläger gegenüber säumigen Schuldnern auftritt, zeigen, daß er nicht leichtsinnig mit seinem Geld umging. Auch sein Testament von 1616, das er noch wenige Tage vor seinem Tode änderte, vielleicht, um das Erbe seiner Tochter Judith vor einem Zugriff ihres unzuverlässigen Ehemanns zu schützen, bezeugt seine Sorgfalt in finanziellen Angelegenheiten und darüber hinaus die Fürsorge gegenüber seiner Frau: Er vermachte ihr das zweitbeste Bett des Haushalts (die Forscher führen an, daß das beste Bett Gästen vorbehalten gewesen sein müsse und daß Anne nach geltendem Recht sowieso ein Drittel des gesamten Besitzes gehört habe).

Insgesamt ist Shakespeare als Dichter von seinen Zeitgenossen über hundertmal erwähnt worden, doch über seine Lebensumstände findet sich kein Wort. Sicher weiß man, daß er seinen Dichterkollegen Ben Jonson sehr gut kannte. Auskunft über die Veröffentlichungen seiner Werke geben die Einträge im Register des Stationers, einer Behördenstelle in London, die Neuerscheinungen erfaßte. Von seinen zu Lebzeiten gedruckten Werken sind nur noch wenige Exemplare erhalten, mit Texten in sehr unterschiedlicher Qualität. Es scheint, als habe er sich nie um eine Druckversion seiner Stükke gekümmert. Wahrscheinlich war ›Titus Andronicus‹, dessen Entstehung man um 1589/90 vermutet, sein erstes Stück und sein letztes ›Die beiden Veroneser‹, geschrieben 1613/14. In ihren Arbeiten beziehen sich die Gelehrten in der Regel auf die erste große Folio-Ausgabe von 1623, die insgesamt die vollständigsten und kohärentesten Texte bietet, die aber, da nach seinem Tod, ebenfalls ohne Mitwirkung des Autors entstanden ist.

Die vielen Lücken und offenen Fragen in Shakespeares Biographie und seine niedrige Herkunft haben immer wieder Zweifel an ihm als Urheber seiner Werke aufkommen lassen. Dieser Dichter, der ein solch gebildetes und erlesenes Publikum begeistern konnte, dessen Stükke Leben und Alltag sowohl der höchsten Kreise als auch das der kleinen Leute auf der Straße schilderte, einschließlich der Säufer, Kuppler und Prostituierten beiderlei Geschlechts in den Kaschemmen, der sich in Fremdsprachen, in Geographie, Geschichte, den Rechtswissenschaften etc. auskannte, konnte nicht der Sohn eines Handschuhmachers aus dem obskuren Stratford sein.

Seriöse und weniger seriöse Shakespeare-Forscher betätigten sich als Detektive und kamen zu dem Schluß, daß eher ein Mitglied des Hochadels als Autor in Frage käme. Als beliebteste Kandidaten fungierten der ›große‹ Earl of Oxford, Edward de Vere, oder gar der englische Philosoph und Staatsmann Francis Bacon. Als Indizien wurden kryptische Anspielungen in den Texten des Dichters gewertet oder verräterische Anmerkungen aus seinem Umfeld, sogar Wappendarstellungen (das Wappen der de Veres zeigt einen Löwen, der einen Speer schüttelt: Shake-speare). Diese Theorien werden gern alle paar Jahre wieder als neue Erkenntnisse in den gängigen Magazinen oder anderen Veröffentlichungen verbreitet, aber sie weisen ebenso viele Lücken auf wie die Geschichte des William Shakespeare aus Stratford. Da es keine wirklichen Beweise gibt, sind letztlich alle Versuche einer lebendigen, umfassenden Darstellung des Barden zum Scheitern verurteilt. Die besten, je nach innerer Stimmigkeit, zum immerhin gelungenen Scheitern – wenn die Ideen der Verfasser denn wirklich zu guten Geschichten werden. Dies mag denn auch ein Trost sein: Das, was man über Shakespeare alles nicht weiß, bietet noch Stoff für Dutzende von Geschichten und Filmen.

Shakespeares produktivste Schaffenszeit fiel in die Regierung der Königin Elisabeth, der nach ihrem Tod 1603 Jakob I. nachfolgte. Nach dem Sieg über die spanische Armada 1588, mit dem die spanische Vorherrschaft in der Welt beendet wurde, fand ein erstaunlicher wirtschaftlicher Aufschwung in England statt, der folgenreiche soziale Veränderungen im positiven Sinne mit sich brachte. Nachdem in den Rosenkriegen die alten Adelsfamilien nachhaltig dezimiert worden waren, gehörten zu den Stützen der Gesellschaft nun verstärkt die verschiedenen Schichten des Landadels, die ›Gentry‹, und das aufsteigende Bürgertum.

Der Handel blühte, Kompanien wurden gegründet, Geld floß ins Land. Es wurden Schulen gegründet, der Buchdruck war erfunden, die Literarizität stieg an, selbst ›kleine Leute‹, wie z. B. Handwerker, konnten lesen und schreiben und kauften sich Bücher. Sie stellten auch das Publikum der öffentlichen Theater, waren vertraut mit den Sagen und Märchen ihres eigenen Landes, denen der Griechen und Römer, sie kannten die Metamorphosen des Ovid und die Bibel, so daß mythologische Anspielungen mühelos verstanden wurden. Anders als früher wurden auch die Mädchen der niedrigeren Gesellschaftsschichten vom allgemeinen Bildungsaufschwung nicht ausgeschlossen.

In Elisabeth besaß das Land eine begabte Königin, die

nicht nur politisches Geschick besaß, sondern sich auch in Fremdsprachen, Wissenschaft und Kunst hervortat: Sie galt als hervorragende Musikerin. Doch Elisabeth war gewiß nicht die einzige gebildete Frau in England. Und so selbstverständlich, wie diese Frauen wohl zu Shakespeares Umgang gehörten, begegnen sie uns auch in seinen Stücken: von scharfem Verstand, mit scharfer Zunge, selbständig und selbstbewußt, oft den Männern überlegen. Ihre Klugheit und ihr Verständnis setzen sie ein für übergeordnete Ziele und ein funktionierendes Ganzes (was nicht bedeutet, daß sie nicht auch grausam sein konnten).

In dieser Zeit schrieb der Mann, der Shakespeare war, unter den Einflüssen des traditionellen, mittelalterlichen Theaters, der lateinischen Komödien, Burlesken und Possen, der aus Italien importierten Commedia dell' arte, den neuen Ideen seiner Zeit, den Lehren des sich ausbreitenden Neoplatonismus, insgesamt 38 Stücke, vier lange Verserzählungen, zwei kleinere Gedichtzyklen und die 154 Sonette, die, wie sein Leben, seit vierhundert Jahren zu leidenschaftlichem Rätselraten Anlaß geben. Eine der besten Lösungen stellt Oscar Wilde in seiner Erzählung *Das Porträt des Mr. W. H.* vor, das Beispiel für ein besonders gelungenes Scheitern von literarischem Rang.

Gewidmet jenem geheimnisvollen ›Mr. W. H.‹, richten sich 126 Sonette des großen Zyklus an einen Mann – jünger, schöner und gesellschaftlich erheblich höherstehend als der alternde Dichter. In den ersten achtzehn Sonetten versucht der Schreibende, ihn zur

Heirat zu überreden, damit sein Bild in seinen Kindern der Nachwelt erhalten bliebe. Doch dann werden die Sonette, in denen der Dichter die lichte Schönheit des jungen Mannes preist und sich seine verehrende, idealisierende Liebe aus der Seele schreibt, zum einzigen Monument, das den Geliebten unsterblich macht.

Diese erfüllte Zweisamkeit wird gestört von einer Mätresse des Dichters, die ebenfalls Gefallen an dem schönen jungen Mann findet, oder durch schlechte Gesellschaft, die den Geliebten vom Zusammensein mit dem Autor abhält, oder von einem anderen Dichterkonkurrenten, dessen Rede lauter und wohltönender klingt. Verlassenheit und Schmerz werden zum Thema, und trotz allem erlebt er auch immer wieder das Glück und die Freude. Ab Sonett 127 ändert sich der Ton grundlegend: Den Dichter hat eine leidenschaftliche Liebe gepackt, die nicht er, sondern die ihn beherrscht – zu einer Frau. Der Anziehungskraft dieser Geliebten, die dem damals herrschenden Schönheitsideal in keiner Weise entspricht, die nicht licht und hell ist wie der schöne Jüngling, sondern dunkel und dämonisch, kann er sich nicht erwehren. Schlimmer noch, er muß zusehen, wie sie auch seinen Freund in ihren Bann zieht. Von seinem Leiden an der Liebe zur ›Dark Lady‹ gibt es keine Heilung, es sei denn in der Quelle, aus der das ›Übel‹ stammt.

Während des ganzen Zyklus ist der Dichter darum bemüht, sich von der Begierde und dem Drang, das geliebte Wesen zu besitzen und zu beherrschen, zu lösen. Alles, was ihm geschieht, versucht er, in seine Liebe einzuschließen, sogar die Untreue. Damit räumt er dem geliebten Du die seelische Freiheit ein, die Voraussetzung für wahre Liebe ist. So schreiten die Sonette den Kreis der Gefühle von Verehrung, Zärtlichkeit und Leidenschaft bis zur Hilflosigkeit, Bitterkeit und Verzweiflung aus. Die Liebe des anderen, fern von allen kleinlichen Auf- und Gegenrechnungen, bedingungslos anzunehmen und zu bejahen, bedeutet die Lösung der Probleme, mit denen Shakespeare die Figuren in seinen Stücken beladen hat:

König Lear versteht zu spät, daß Cordelias wortlose, selbstverständliche, tiefe Verbundenheit, die sie für ihn empfindet, wahrer und verläßlicher ist als die schönen Phrasen ihrer Schwestern; Graf Claudio verdächtigt seine Hero der Untreue, verstößt sie und bringt sie damit fast um, bevor ihm klar wird, daß in Wirklichkeit er den Treuebruch begangen hat; Graf Bertram weist die selbstlose Liebe der Helena ab, und in der Absicht, ihr untreu zu werden, vollzieht er gerade dann die Ehe mit ihr und erfüllt die Bedingungen, die er selbst an sie gestellt hat. So führt der Moment der Wahrheit, unter dem falschen Schein versteckt, dazu, den Handelnden die richtigen Lehren zu erteilen. In den Verwechslungskomödien *Was ihr wollt* und *Wie es euch gefällt* befreien sich die jungen Heldinnen zwar aus den Zwängen der Frauenrolle, auferlegen sich aber die Zwänge einer männlichen. Doch erwerben sie nun, wenn auch durch Leiden, ein größeres Wissen über ihren Geliebten und die Liebe, das sie unmittelbar weitergeben können.

Der Gipfel der Liebesverwirrungen in einem wunderbar absurden Paradox stellt die Szene in *Wie es euch ge-*

*fällt* III.2. dar, in der die als Junge Ganymed verkleidete Rosalind ihren Geliebten Orlando dazu bewegt, sie/ihn als ›Rosalind‹ anzusprechen, damit er/sie von seiner Liebeskrankheit heilen kann – dabei malt sie den Ablauf des Liebesspiels einer frischen Verliebtheit aus. Zieht man dann noch in Betracht, daß die Frauenrollen im elisabethanischen Theater in der Regel von sehr jungen Männern gespielt wurden, erreicht Shakespeares Kunst des Spiels einen der raffiniertesten, komischsten und ernstesten Höhepunkte: Die Geschlechtszugehörigkeit ist bedeutungslos geworden, der Liebe sind keine Grenzen gesetzt. Zumindest weiß keiner mehr, wo sie sind und ob sie überhaupt wichtig sind.

Im gesamten Werk des Dichters zeigt sich ein großer Geist, der Fragen stellt und in Frage stellt. Der das Glück, das Leid, die Schönheit, den schönen Schein, das häßliche und das schöne Gesicht des Lebens und alle Varianten der Liebe, in ihrer idealen Form und ihrer leidvollen, erkannt hat. Der Gegensätze durchschaute und das eine im andern zu sehen vermochte. Der durch seine überlegene Sprachfähigkeit und -mächtigkeit zusammenfügte, was sich auf den ersten Blick als Kluft und Widerspruch auftat.

Und noch heute haben die Entwürfe des großen Dichters nichts von ihrer Frische und Aktualität eingebüßt. Noch immer ziehen Neuinszenierungen seiner Stükke ein großes Publikum an. Noch immer überprüfen Schauspielerinnen und Schauspieler ihre Kunst an seinen Rollen und messen sich darin an berühmten Vorgängern. Und hoffentlich regt seine Erfindungskraft weiterhin die Phantasie seiner großen und kleinen Nachfolger an, damit die Geschichten, in gleich welcher Form, Buch oder Film, immer wieder neu erfunden und erzählt werden können.

Etwas Persönlicheres hätte er nicht hinterlassen können.

*Jutta Kaußen*

# *Inhalt*

Treueschwüre – Treuebrüche
»Ich werde meineidig, wenn ich liebe ...«



Liebesverwirrungen
»Zeit, du mußt das entwirrn ...«

Liebesspiel und Liebeslust
»Als ich bei einer Frau mal lag . . .«



Liebe schweigt
»Denn meine Lieb . . . wiegt schwerer als mein Wort«

Liebesleid

»... sind schwer die Tränen, die ich dir geweint«

## *Zu dieser Ausgabe*

insel taschenbuch 2987: Shakespeare, Liebesgedichte. Liebesszenen und Liebeslieder, Auswahl und Nachwort von Jutta Kaußen

*Nachweis der Übersetzer*

Antonius und Kleopatra (S. 23): Wolf Graf Baudissin
Der Kaufmann von Venedig (78): August Wilhelm Schlegel
Die beiden Veroneser (12, 48, 92): Dorothea Tieck
Die Komödie der Irrungen (69): Wolf Graf Baudissin
Ein Sommernachtstraum (51, 57, 58, 104): August Wilhelm Schlegel
Ende gut, alles gut (17): Wolf Graf Baudissin
Hamlet (34, 99): August Wilhelm Schlegel
König Lear (86): Wolf Graf Baudissin
Liebes Leid und Lust (9, 18, 25, 41, 80): Wolf Graf Baudissin
Maß für Maß (103): Thomas Brasch
Othello (102): Wolf Graf Baudissin
Romeo und Julia (96): Thomas Brasch
Sonette (11, 20, 24, 29, 35, 42, 47, 50, 53, 60, 63, 68, 76, 77, 85, 89, 90, 91, 95, 101): Karl Kraus
Troilus und Cressida (43): Wolf Graf Baudissin
Viel Lärm um nichts (30, 108): Wolf Graf Baudissin
Was ihr wollt (14, 36, 61, 75, 82): Thomas Brasch
Wie es euch gefällt (26, 64): Thomas Brasch
Wie es euch gefällt (81, 107): August Wilhelm Schlegel
Wie es euch gefällt (109): Jutta Kaußen

Die Sonett-Nachdichtung von Karl Kraus wird wiedergegeben nach der Ausgabe der *Schriften*, Bd. 20, Frankfurt am Main: Suhrkamp 1994.
Die Übersetzungen von Thomas Brasch werden wiedergegeben nach der Ausgabe: *Shakespeare-Übersetzungen*. Mit Nachworten von Katharina Thalbach und Claus Peymann, Frankfurt am Main und Leipzig: Insel 2002.

Zum Thema »Shakespeare und die Liebe« verdankt die Herausgeberin wertvolle Anregungen dem englischen Dichter Ted Hughes, der 1992 unter dem Titel *Shakespeare and the Goddess of Complete Being* eine große Studie über Shakespeares Werk bei Faber & Faber in London vorgelegt hat.

Diogenes Taschenbuch 22499